U0616030

画游瑞士

Tour & Paint Switzerland

易平凡 著

成都时代出版社
CHENGDU TIMES PRESS

目 录 Contents

Tour & Paint
Switzerland

序 | 话说瑞士

说到瑞士，无论去没去过的人，对这个国家都有些了解，阿尔卑斯山、少女峰、达沃斯世界经济论坛、日内瓦公约、洛桑奥林匹克公园、瑞士银行、瑞士钟表……从2009年

我第一次踏足瑞士，至今已经超过十个年头了。一次次的瑞士行为我撩开了这个国家美丽而神秘的面纱，旖旎的湖光山色一次又一次强烈地撞击我的心灵，这片净土着实令人陶醉……

　　如果让我来说说瑞士，第一个要说的就是阿尔卑斯山脉（Alps）。阿尔卑斯山脉是欧洲最高及横跨范围最广的山脉，它覆盖了意大利北部、法国东南部、瑞士中南部、列支敦士登、奥地利、德国南部及斯洛文尼亚。阿尔卑斯山脉从瑞士西部的日内瓦湖一直延伸到瑞士东部与奥地利接壤的边界，可以说阿尔卑斯山脉从西到东贯穿了整个瑞士。只要你踏入瑞士这块土

地，无论身处何地，你都可以抬头仰望阿尔卑斯山的少女峰（Jungfrau）、马特洪峰（Matterhorn）、雪朗峰（Schilthorn）、僧侣峰（Mönch）、艾格峰（Eiger）……仅仅仰望雪峰，那是远远不够的，当我一次次站立山顶、亲历雪峰凛冽的寒风、俯瞰整个皑皑雪原时，身心都经历了重大的洗礼。那是一段段多么刻骨铭心的经历，美好的记忆将伴随我一生。

　　第二个要说的就是湖泊。瑞士的湖泊星罗棋布、不计其数，单单数一下我到过的就有很多：日内瓦湖（法方称"莱芒湖"Lake Geneva 或 Lac Lèman）、博登湖（也称"康斯坦茨湖"Lake Constance 或 Bodensee）、苏黎世湖（Lake Zurich 或 Zürichsjön）、卢塞恩湖（Lake Lucerne 或 Vierwaldstättersee）、图恩湖（Lake Thun 或 Thunersee）、布里恩茨湖（Lake Brienz 或 Brienzersee）、卢加诺湖（Lake Lugano 或 Lago di Lugano）、圣莫里茨湖（Lake St.Moritz 或 Lej da San Murezzan）、达沃斯湖（Lake Davos 或 Davoser See）。除此之外，还有许多叫不出名来的湖。我一而再再而三在这些湖上乘游轮、泛木舟、看海鸥飞翔、观天鹅畅游，与湖上远远近近点点帆船交错而过，迎面葱茏山色浓浓绿意倒映水中……这里犹如上帝打翻的调色盘，宛如童话仙境般的瑞士印在我的脑海中，留存在我的画布上。

　　第三个要说的便是瑞士数不清的鲜花小镇。那些镌刻在我脑海里挥之不去的画面：掩映在绿树青山中的每一幢房屋都被鲜花包围着，屋檐下是花，窗台上是花，房前屋后院子里到处都是盛开的鲜花。无论你走到哪儿，或大或小的城镇乡村，当地人都是鲜花的忠实爱好者，几乎每家每户窗前门外都摆着大大小小的鲜花盆栽，房前屋后也种满了绿植。花开时节，五颜六色的花朵给每一幢房屋都增添了几分美妙的色彩。漫步其中，无论是谁都会被当地人的巧思妙想所感动。瑞士人热爱生活、享受生活、热爱大自然、享受大自然，这是一个没有战争、保持中立的和平国度。

　　第四个要说的，是瑞士的奶牛，这也是绕不开的话题。你吃过瑞士的奶酪吗？你喝过瑞士的牛奶吗？只要你品尝过瑞士的奶酪、牛奶，一种丝滑的、甜甜的味道将印入记忆。瑞士奶牛基本是散养的，由阿尔卑斯山脉雪水滋润的

鲜嫩青草就是奶牛的粮草。据瑞士高山农业协会陈述，瑞士每年产出的高山奶酪总计多达4000吨。每年夏初，瑞士山民会陆续将27万头左右的奶牛从山谷农场赶至高山露天牧场，让它们在阿尔卑斯山脉的天然草场大快朵颐，直至初秋吃得膘肥体壮了才被主人接回山下的家中过冬。每年一次的高山放牧，奶牛们平均攀爬高度约为590米，行程长达16.3公里，且绝大多数情况下它们需面临险峻陡壁、蜿蜒盘桓的路况。瑞士奶牛大规模迁徙是一大奇观，能够目睹这一壮观场景也是一大幸事。

瑞士的美不是一篇文章可以说完的，请跟随我的文字、我的画笔来慢慢体验。无论你到没到过瑞士，《画游瑞士》一定会为你呈现一个唯美清新、独具魅力的瑞士！

附

瑞士全称"瑞士联邦"，为中欧国家，由26个州组成。瑞士为典型的分权自治型联邦委员会制国家，组成联邦的各州拥有广泛的地方自治权力，而且瑞士的国家元首为瑞士联邦委员会全体成员，并非联邦主席或其他特定的人。伯尔尼是联邦政府所在地兼事实上的首都，日内瓦、苏黎世也是该国的重要城市，并且是多个国际组织的总部驻地。

瑞士国土面积：41,284平方公里；

瑞士人口：878.8万（2021年）；

瑞士货币：瑞士法郎；

瑞士官方语言：德语、法语、意大利语、罗曼什语；

瑞士地理位置：西邻法国，北靠德国，东与奥地利接壤，南部连接意大利，另外还有一个邻国列支敦士登（全称"列支敦士登公国"）。

瑞士属于欧盟申根国，持欧盟申根国签证就可以前往瑞士了。

第一章 | 难忘的第一次瑞士行

2009年夏天，我们一家三口加上女儿的闺蜜Alexa一行四人，自驾从德国法兰克福过境瑞士去往意大利的米兰（Milano）。第一晚预订入住瑞士少女峰下的小镇格林德瓦（或译为"格林德尔瓦尔德"，Grindelwald），女儿提前订了小镇的一家宾馆。从法兰克福去格林德瓦驱车行至半道，突然

接到宾馆电话，告知我们预订的宾馆房间没了。为什么？具体原因不得而知。经过几番交涉，酒店安排我们在去往瑞士方向的一个私人飞机训练场宾馆将就一夜。与格林德瓦小镇的暮色和黎明失之交臂，十分遗憾。我一直以来有一个认识：要了解一个地方，一定要踏着暮色观风景，迎着黎明看日出。一早一晚慢慢地走、细细地看，体验当地的美食美景，感知当地的民情风俗，才不枉来此一游。

"失之东隅，收之桑榆"，我们入住私人飞机训练场的宾馆后，第二日清晨旭日东升，起床推开窗户，只见开阔的停机坪上停着好几架小型私人飞机，稍远处已经有飞机在起起落落了。虽然在媒体上常看见或听说这个影星那个名人购置私人飞机，但这还是第一次近距离接触私人飞机，感觉驾驶私人飞机也不太难，可能与驾驶汽车相当吧，挺好玩的。能有这样一个眼缘，也算是稍微弥补了一下我们没有入住格林德瓦小镇宾馆的遗憾了。

　　吃过早餐，我们自驾上路，一路说说笑笑，车轮滚滚，飞快驶向前方。踏上瑞士的国土，这儿的交规立刻给了我们一个下马威。女儿的车刚驶出德国进入瑞士地界，迎面就被路旁测速器闪了一下。糟了！超速被拍！女儿自我解嘲："德国高速路都是不限速的（除非因为天气或修路等原因临时限速），所以德国车主一般都会在瑞士领到超速罚款单的，大约没有多少人可以

例外。"

    不过，这丝毫不影响瑞士山水带给我们的视觉冲击，第一次驾车驶过朝思暮想的阿尔卑斯山脉，心跳不免加速，一阵阵按捺不住的悸动。瑞士给我的第一感觉就是山很青很青，漫山遍野的青草浅绿和深绿交织着，时不时看见几只奶牛在草地上悠悠闲闲地晃动着身体不慌不忙地低头啃吃着青草；湖水很蓝很蓝，不是像海水那样的天蓝色，而是很清纯的湖蓝色，湖面如镜面般光滑平静；车子经过的地方，无论是路旁的乡村农舍，还是小镇的商店旅舍，家家户户的窗前门外都有一盆盆、一丛丛盛开的鲜花，姹紫嫣红，分外惹眼。

　　到了格林德瓦小镇，我们泊好车，开始漫步闲逛，虽然正值骄阳当头的炎炎夏日，但这儿绿树成荫，微风轻拂，鸟语花香，好一副世外桃源的景象。小镇街道两旁几乎全是宾馆、店铺。街景之一：旗帜飘扬，瑞士或其他国的国旗背衬蓝天、迎风招展；街景之二：各家各户建筑物的窗户外或阳台上鲜花怒放、争奇斗艳，感觉这儿的植物颜色格外鲜艳。

　　沿着街道两旁小巷往纵深处走进去，看那绿树掩映下的一幢幢独门独院，院内一片姹紫嫣红，院外一派田园风光。那年月手机拍照还不那么普及，只有严先生手举单反拍摄一幢一幢建筑，女儿她们受不了我们这样的节奏，单独行动去了。乐得我俩正好慢慢地在每一幢房屋旁驻足欣赏，评头论足，拍照留念。

走着走着我们突然看见大路旁有一大片墓地，墓碑大大小小错落有致，墓前墓后干净整洁，绿树葱郁，鲜花盛开，还有长凳供人坐歇，俨然一个街边公园，令人感到静谧。中国的墓园都建在离市区很远的地方，而欧洲的墓园都在人们居住区内，便于亲人常常去墓地打扫、浇花，甚至在墓园散步歇息。在欧洲这么多年如此这般的情形见得多了，感觉很自然。

后来，我们偶遇一个环保组织。他们正在搞什么宣传活动，路边有搭建的宣传橱窗，登载了许多花花绿绿的插图和文字叙述，还有一棵高大的手工树，树上的树叶是红红绿绿的书签，书签上面也有文字。我们不识字，不知道具体内容，只觉得很有趣。

前面街心十字路口有一个花店，店面不大，10多平方米吧。花店里里外外挂着摆着各种鲜花盆栽，生机勃勃、姹紫嫣红，非常吸引眼球。屋檐下一个大大的磨盘，盘中一股清泉流下，平添了不少生气，仿佛也给过往人们带来丝丝凉意。我们一边欣赏盆

栽花卉一边拍照，女店主悠闲地忙里忙外做着生意，时不时笑盈盈地抬头看着过往行人。我心中不免感慨：这里的人们很热情、很友好！

在蓝蓝天空的映衬下，白雪皑皑的峰顶与四周山坡深绿浅绿的田园风貌形成强烈的视觉反差。我心中暗想，此次仅是我们的短暂停留，很快我们就要专程深度游览瑞士。格林德瓦小镇，我们一定会再来，到时一定要登顶少女峰，领略一下"会当凌绝顶，一览众山小"的境界。可是没有想到，再次来到格林德瓦已经是10年之后的2021年了。这是后话。

我第一次踏上瑞士国土，从车轮驶进瑞士边界线到离开，前后只有几个小时，时间虽短暂，但印象极其深刻。自此每每说起瑞士，脑海里便是一幅明媚秀丽的山水画卷：清澈见底的溪流，湛蓝如镜的湖面，挺拔幽深的山林，广阔青葱的草地，雄伟峻峭、白雪皑皑的雪山峰，还有那开满鲜花的房舍村落……

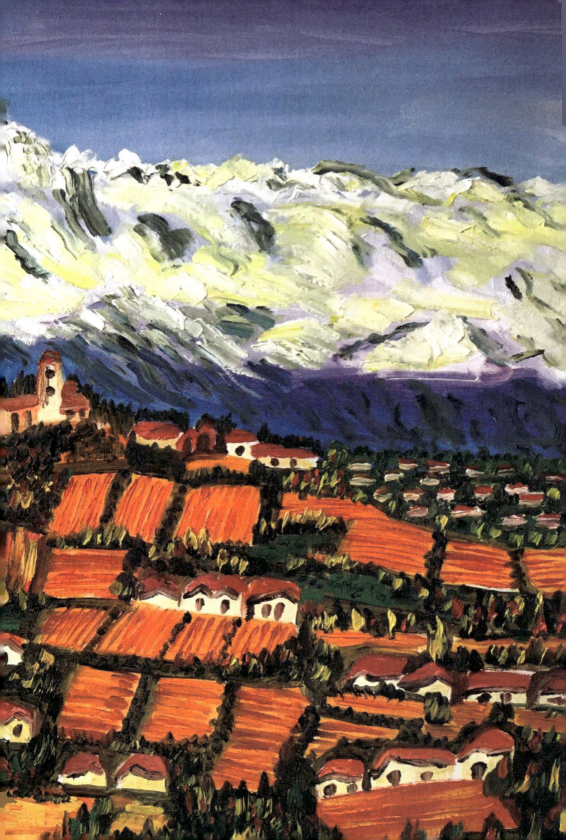

　　从瑞士回到家里，做的第一件事就是把我的笔记本屏保照片换成我们一家三口在瑞士湖畔的合影——深蓝色的天空中没有一朵云彩，深蓝色的湖面如光滑细腻的镜面没有一丝涟漪，偌大的湖区静悄悄的，只有我们的身影在此间晃动，我们深深地陶醉在这深蓝色的世界里，蓝色丝绒般的湖泊在天地之间展开，这一幕永远留在我脑海中挥之不去！

　　第一次瑞士行离今日已经过去了整整十三个年头，但那段美好的回忆仍然历久弥新，鲜活生动地浮现在我的眼前。

第二章｜陶醉在苏黎世

◎苏黎世（Zürich）

　　瑞士，只有来到这里，融入这片风景如画的国土，你才能深刻地感知它的安静与和谐。在这片静谧而美丽的土地上，瑞士人民过着一种简单质朴而又优雅知性的生活，这是一个几乎把全部领土都建造成为公园的国家——清澈的湖泊、峻峭的雪峰、宁静的田园、碧蓝的天空……如果不是亲眼所见，无论如何也想象不到远方的山水竟如此美丽，美得令人窒息，美得令人陶醉。

7月的一个炎炎夏日，我独自一人去苏黎世观光、访友。苏黎世是德国人、法国人和意大利人聚居的相对独立的区域，所以，在这儿，人们说德语、法语、意大利语，三语并存。苏黎世，是瑞士联邦最大的城市，也是瑞士主要的商业和文化中心。

　　早就盼望着游览苏黎世，我的学生Furao在苏黎世联邦理工学院就读，几年未谋面，昔日的小姑娘大约已经长成亭亭玉立的大姑娘了，今年正逢她研究生毕业，是继续读博，还是先就业再深造，这是我们此次见面需共同探讨的话题。另外，我记得曾经看过央视一期节目讲苏黎世的环境保护世界第一，在2014年还被评为"全球最佳宜居城市"，带着这份好奇，于是就有了我的第二次瑞士行。

　　今晨我结束了与朋友一道的欧洲游，从维也纳飞苏黎世。机票75欧，简直太便宜了！特别说明一下，在欧洲常常可以买到很便宜的特价机票。

　　从维也纳飞苏黎世大约一个小时，早晨八点过，飞机就顺利降落在苏黎世机场，我很快见到前来接机的Furao。虽然几年时间过去了，出现在我面前的还是出国前的那个小姑娘，只不过更加秀气和文静了。Furao是那种招人喜欢的女孩，考虑事情周到细致，她已经为我买好了当日的交通票，包括全天的公交车、地铁票，还涵盖了苏黎世湖（Lake Zürich / Zürichsee）游轮票。我们当日第一个行程就是乘船游苏黎世湖。

我们从机场乘车直接来到苏黎世湖，
只见湖岸码头停满了各色游艇，俨然一个游
艇俱乐部。苏黎世湖的北岸为富人居住区，
号称"金岸"，而南岸则称为"银岸"。苏
黎世湖犹如一弯新月倚在苏黎世市区的东南
端，其中一段深入市中心。远方，片片白帆
摇曳着湖上的云彩，郊区的山谷绿草如茵、
林木葱茏。近旁，湖畔停靠着大大小小的游
船、游艇，野鸭、天鹅随处可见，悠闲自在
地水面上游动。

湖畔竖立的木牌图文并茂，教人认识水
鸟，仔细看介绍，这些水鸟都是以鸭子单词
结尾的名字。水鸟中最出名也最好认的就数
天鹅了，其他水鸟都灰灰小小的，只有天鹅
又大又白，怡然自得地浮在湖面上，时不时
伸展开翅膀，展现它们优雅的身姿。湖畔，
成群的鸽子在觅食；空中，海鸥在展翅翱
翔。前来喂食的当地居民和游客总会引来成
群的海鸟争食，人与鸟在苏黎世湖畔和谐共
处，构成了一道独特亮丽的风景线。

苏黎世湖面积达88平方千米，最深处达143米。乘坐游轮在美丽的苏黎世湖上与白色的飞鸟一起遨游，是一种美妙绝伦的享受。三个多小时的畅游，我们深深地领略了独特的湖光山色。两岸有错落有致的欧式建筑、院落；湖面上有来来往往的白色帆船、汽轮，在湖中绘出一道道白色的线条，溅起一朵朵白色的浪花。

苏黎世湖沿岸有很多别具特色的湖畔小镇，自然吸引了无数南来北往的游人，游人可任意在湖畔码头上下游轮，在湖边散步、游泳、野餐、日光浴。我们当然不会错过这般奇妙的享受，随意挑选了一个小镇，下了游轮，在筑有中世纪风格的卵石小径上散步，随性地观赏小镇别具一格的建筑、庭院里的鲜花绿草。小镇商店里售卖的商品也引起了我极大的兴趣，无论是装饰用的物件还是实用的家庭生活用品，造型别致、做工精湛，几乎每一件都是独一无二的，每一件都让人爱不释手。

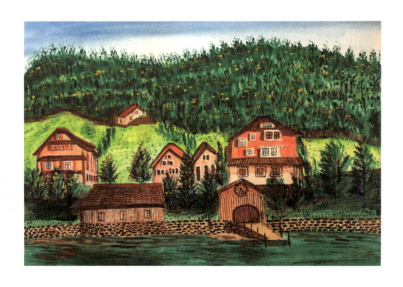

　　苏黎世湖还有一道奇特的风景，七月的湖畔，几乎每天都要下一场雨，过后便是晴空万里。于是，听雨，成了游人一件不可多得的雅事。淅淅沥沥的雨点点滴滴洒落在草地里、在院落中、在树枝间、在花瓣上，便又化作草地的一抹新绿、树林中的缕缕清香、春日绿叶中的新蕾、秋日挂在枝头的累累硕果，也化作树林小溪中哗哗的流水，流淌在山间林中小道。那哗哗的水声、薄薄的雾气，响彻和弥漫了整个小镇村落的房前屋后。转眼间，天空放晴，碧空万里，艳阳高照，挂着水珠的鲜花绿草在阳光下分外娇艳。当然，如果你要在苏黎世湖畔散步，务必随身携带一把雨伞，勿要让雨淋湿了身。

苏黎世在克里特语里是"水乡"的意思，游完苏黎世湖，我们又来到利马特河（Limmat）。利马特河穿过苏黎世市中心，将苏黎世自南向北分开，无论是左岸还是右岸，都有繁华在深处。

我们来到利马特河时，左岸人山人海，河畔摆满了咖啡座，捷足先登的人们已经在品尝着美味的咖啡、欣赏着河里正在举行的划船比赛，里三层外三层全是人，而且欧洲人都是人高体壮的大个子，我俩寻了好一阵子才找到一个落脚之处。还没等明白是怎么回事，只听见人群中不断发出叫好声，时不时传出一阵哄笑声。原来今日是苏黎世各州的船队在进行比赛，船员们身着各州花花绿绿的特色服装，戴着有花冠的帽子，而他们的比赛也不是真实比速度的那种竞技比赛，而是划着船互相追逐玩耍，时不时把对方船员挑落入水，自然引起一阵友善的惊呼声和欢笑声，刚才的哄笑声就是由此引起的。

　　在这个喧闹繁忙的城市，丰富多彩的娱乐活动都充满着魅力，令当地居民和来访游客心旷神怡，宾主尽欢。无论是小型社区联欢，还是吸引来自世界各地成千上万游客参加的电子音乐游行，以及大小型体育活动都能为游客带来欢乐和情趣。我来到苏黎世才短短一日光景，就见识了这些丰富多彩的娱乐活动。利马特河划船比赛中宾主尽欢的场面，给我留下了很深的印象。

看完比赛，我们在旁边小巷里找了一家咖啡店，坐下来点上一杯咖啡和一块蛋糕，算是下午茶。我品尝着咖啡和蛋糕，静静地听Furao聊她这几年的留学生活。Furao就读于苏黎世联邦理工学院（简称"苏黎世理工"，ETH或ETH Zürich），该校成立于1854年，现被誉为世界上最负盛名的科学技术大学之一。该校迄今为止出了二十多位诺贝尔奖获得者，包括现代物理学之父和广义相对论的发明者阿尔伯特·爱因斯坦。记得四年前，Furao同时获得了德国慕尼黑工大和瑞士苏黎世理工两所"牛校"的录取通知书，她最终选择了后者。听着她今日的叙述，感觉我眼中的这个小姑娘确实非比寻常，不同于一般国人眼中的"学霸"，她理性聪慧，坚韧不拔，很有主见。祝福Furao在瑞士这块土地上活出她精彩的人生。

我们师生苏黎世游的第二个行程就是观光市区。苏黎世被誉为湖上的花园城，市内满是精心修整的花园，漫步城中，目之所及，整齐、洁净，随处是鲜花绿草与别致的建筑物搭配得交相辉映。老城区全是不高的老房子，精致小巧、别具一格。虽然这里不缺富商，但并没有看见太多豪宅大屋。也许，苏黎世湖畔小镇里的深院大宅，才是瑞士富豪们藏龙卧虎的最佳去处。

瑞士天气晴朗，万里无云，空气中飘散着一股甜甜的奶酪味。我们随性地走在苏黎世的老街头，脚下的道路用光滑平整的鹅卵石铺就，布满岁月的斑驳，身旁百年的老宅掩映在绿色的爬墙虎里，夏日的阳光在枝叶间安静地洒落。老街窄窄的深巷里更有一番别样的风景，建筑物的外墙多是深灰或者粉白，蓬勃的绿色藤蔓和朵朵鲜花点缀其间。我们完全忘记了时光的流逝和世间的喧嚣，有人说"瑞士是有钱人的瑞士"，不，瑞士也是有闲人的瑞士，只要有时间，你就可以尽情享受瑞士的美丽与宁静。

　　苏黎世是中世纪与现代化相结合的城市，利马特河两岸既有双塔插入云霄的苏黎世大教堂和古香古色的菩提园，也有许多现代化的办公大楼，以及装饰绚丽的商店、豪华的宾馆饭店等。除此之外，还可见中世纪的古堡、雕塑、喷泉、画着壁画的墙壁，以及被称为"艾尔卡"的凸肚窗。这种凸肚窗是瑞士民族特有的建筑风格，每户的装饰布置都独具巧思。

　　来到苏黎世，班霍夫大街（Bahnhofatrasse）是不可不去的地方。位于利马特河左岸的班霍夫大街排列着大大小小200多家银行，全球十大银行在这里都占有一席之地。关于苏黎世银行有若干版本的故事、传说，诸如：24小时的营业时间，只认钥匙不认人的匿名储藏箱，最短50年的租用期限，宽敞华丽的客户接待室，钥匙加密码的取钱方式，还有那个可以救命的贵宾专属通道等，都是苏黎世这些银行重要的特点。而替客户保密身份则是其中最突出的特点，这也是苏黎世银行不断被人诟病、经常被质疑的根源所在。在瑞士，黄金的交易和进出口不受限制，这里的黄金交易量常年位居世界前十，外汇和证券交易量有时甚至居欧洲之冠。据说班霍夫大街下面，设置着瑞士近70家银行的地下金库！

　　这条长约1.4千米的大道，亦是世界闻名的步行购物街之一，与巴黎的香榭丽舍大街、伦敦的牛津街以及纽约的第五大道齐名。这条大道上囊括了格罗布斯（Grobus）和耶尔莫利（Jelmoli）两座耀眼的消费天堂，商店里陈列着华贵的商品，古董珍宝、名贵皮草、手表、珠宝首饰、令人迷醉的法国香水应有尽有，这是购物者的天堂。Burberry、Chanel、Gucci、Louis Vuitton及Prada等店铺都把橱窗装饰得颇具韵味。任何你可以想到的奢侈品牌，在这里几乎都可以找到。珠宝设计、服装设计及古董鉴定公司亦分布于大道两侧，为城中古老的石头路平添了现代的奢华气息。

近在咫尺的奥古斯丁巷（Augustine Lane）是老城最富有魅力的一条小巷，这里有苏黎世最漂亮的挑楼建筑。这条富于浪漫情调的小巷，窄窄的巷子两旁几乎全是二层木结构楼房，楼上挂了五颜六色的旗帜——苏黎世各州的州旗。瑞士各个城市大多喜欢在商业街的楼上悬挂各州州旗，这是一道独特的风景线。奥古斯丁巷虽然狭窄，但挤满了来往行人。既有穿着十分休闲的各国游客往来于此，也有打扮入时的时髦女性穿巷而过。游览苏黎世老城，好多次路过这条小巷，无论何时，这里都是人来人往、摩肩接踵。

　　见识了老城的奢侈与繁华，我们来到幽静的苏黎世湖畔古堡。古堡既具有本民族特色又融合了其他民族文化元素，既保留了中世纪的古典韵味又增添了崭新的现代元素，是外来文化和本地文化相互交融、古典与现代完美结合的典范。从外面看，这是一座中世纪的古堡，外墙斑驳陆离，无声地诉说着它的沧桑。

　　走进古堡，迎面看见的是一张巨大的透明天幕，罩在古堡上空。白天，阳光透过天幕尽情挥洒在古堡里；夜间，缀在天幕上的霓虹灯把古堡装点如梦幻一般，远道而来的游人尽可以在这里品一杯咖啡，享受午后的阳光与晚间的清凉。想象一下吧，如果下场小雨，淅淅沥沥的雨点打在天幕上，像一首无字的歌在轻轻地奏响。涓涓细流似的山间小溪沿天幕潺潺流下，那是一幅多么温婉而惬意的景象啊！

古堡位于苏黎世湖畔，居高临下可以尽览苏黎世湖烟波浩渺的湖面和湖面上驶过的点点白帆。古堡背面有一座教堂，教堂的尖顶直插蓝天，庄严而肃穆。古堡外墙下排列着整整齐齐的墓碑，它们被盛开的鲜花和燃烧的蜡烛簇拥着。我不由自主地猜测：这里葬着的是谁？又是谁在为他们点亮蜡烛、献上鲜花？

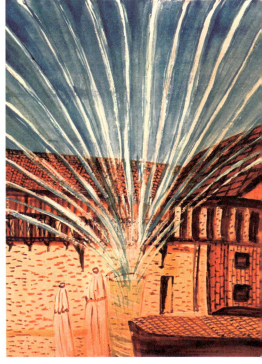

不远处，两个小姑娘在湖畔白色的长椅上玩耍，我们迎面走过去，她们可爱纯洁的模样，实在惹人喜爱。再往前走，地面巨大的棋盘上，老少几人正在全神贯注地下着国际象棋，全然不知他们已经成了我们镜头下的风景。无论你来自何方，只要来到苏黎世都有一个共同的感受：这座城市是那么静谧、和谐。

　　海拔871米的乌特立山（Uetiberg）是苏黎世最高点，可俯瞰整个市区和苏黎世湖，还可远眺壮丽的阿尔卑斯山脉。此外山上还有餐厅和儿童游乐场，这儿俨然成为苏黎世市民假日休闲、享受大自然风光的理想场所。

　　我们从山脚乘坐火车直达Uetliberg站，然后步行大概10分钟，登上山顶。这里有高达100多米的电视转播塔，游人可登上观光塔，360度观看苏黎世城市全景，尤其是城市夜景，非常漂亮。我们登上观光塔，天色渐渐暗了下来，城区亮起万家灯火，真是一次非常难得的视觉盛宴，只不过我们没有带单反来，留不下这璀璨的苏黎世夜景，深感遗憾！

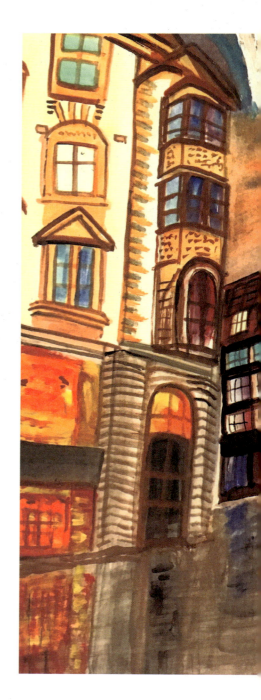

③

今日是周一，Furao上课，我独自出游，与苏黎世来一个深度接触！瑞士国家博物馆（Swiss National Museum / Schweizerisches Landesmuseum）是我的第一站。从Furao的公寓乘地铁直达苏黎世火车站，博物馆就在火车站的北面。瑞士国家博物馆开办于1898年，场馆是个维多利亚式的建筑。在瑞士国家博物馆可以浏览欧洲几千年的文化史。一进入展馆，就可见到由瑞士年轻艺术家贺德勒（Hotlier）所绘的巨幅壁画，这幅画曾在全世界声名大噪。这座如迷宫般的博物馆里有100多间不同的陈列室，收藏着早期考古学的发现、罗马时代的遗迹、宗教文化的工艺品等，陈列室和大厅都被装饰成15世纪至18世纪的古典风格。

更多的展品以瑞士文化、艺术、历史为主题，其中包括宗教经文、绘画、彩色玻璃窗饰，以及取自古教堂及房舍的壁画等。博物馆楼上是一个大厅，规模足以和大教堂媲美，展品有历代武器、甲胄、军报、军旗、圣坛祭品、家具箱柜、古代钟表、金银饰物、民间服装……总之，凡足以说明瑞士文化及社会演变的实物，应有尽有。这是苏黎世最大的博物馆，流连于其间恐怕一日都看不完所有展品。

在博物馆我第一次观看了立体有声画面。当时看见有人戴着耳机在看挂在墙上的巨幅画作，我好奇地拿起一个耳机戴上，打开耳机的开关，随即传出英语讲解，同时平面的画面立即鲜活起来，人物和景致变成了立体和流动的，鸟语花香，流水潺潺，人头攒动，灯光闪烁，故事随之而展开……讲解一结束，画面又回到平面状态，真是既神奇又新鲜，我是第一次也是迄今唯一一次观赏这样的画卷。

在瑞士国家博物馆藏品中，绮丽瑰宝太多，看得人眼花缭乱，事后留下深刻印象的倒是两个不那么富丽堂皇的展室，至今记忆犹新。底楼有一个大厅，展出各式各样的滑雪器具：雪橇、雪板等，从远古到现代，装饰精美的，镶金嵌银的，琳琅满目，应有尽有，令人目不暇接，这些独特的展品充分展示了瑞士滑雪王国的风貌。还有一个展馆，很大一个厅分上下两层，专门介绍瑞士雇佣军，有图片配文字说明的，也有实物展品，如：刀、枪、矛、盾等古欧洲兵器。过去，瑞士雇佣军在国际上是很有名的，士兵英勇善战，曾经在欧洲几次重大战役中建立过功勋。第二天，当看见《卢塞恩垂死的狮子》石雕时，我进一步理解了瑞士国家博物馆建立这个瑞士雇佣军展馆的意义所在。

出了瑞士国家博物馆，我按事前制订的计划乘公交车来到苏黎世美术馆。苏黎世美术馆（Kunsthaus Zürich）位于老城区，1787年设立，是一个当代艺术展览中心，门口是罗丹著名的雕塑作品——《地狱之门》，凡·高的《自画像》也被收藏在这里。馆内收藏有许多瑞士艺术家的绘画、雕塑和版画作品。其中阿尔伯特·贾科梅蒂（Alberto Giacometti）

的油画和雕塑作品别具一格。另外，美术馆常年展出毕加索、莫奈、蒙克、马蒂斯、塞尚、雷诺阿、罗丹等画家和雕刻家的作品。其中蒙克作品的数量仅次于挪威，是斯堪的纳维亚半岛外收藏蒙克作品最多的美术馆。夏加尔的作品更是丰富，独占一整间展厅。另有一个展厅专门展出达达主义的作品，据称苏黎世是达达主义的发源地。

　　来美术馆观看的人很多，大家很有秩序地在大厅排队购票，队伍像长蛇一般，弯弯曲曲地缠绕着。23瑞士法郎一张门票（瑞士国家博物馆门票只需几个法郎），购得门票后还要排队租借讲解耳机，可惜只有英、法、德、意等语言而没有中文，也难怪，在众多排队的人群里几乎没见国人的身影。我想旅行社是肯定不会带国人来这儿参观的，太耗时。我当天没有随身带护照，只好跟管理员说"能不能拿20欧元做押金"，还好这招管用。拿到讲解耳机后，我直奔今日主题——看画。

　　展室在二楼，大大小小的房间数也数不清，门口一个女士热情地指导我使用耳机，其实她有所不知，我这么多年在欧洲各地行走，每到一座城市，只要有美术馆、博物馆，一般都不会放过，所以使用这类讲解耳机是驾轻就熟的。一般来说，比较重要的画作（某艺术家的代表作之类的）在绘画展品角上标有阿拉伯数字，游人把画作上的数字输入耳机，就可以听到讲解了。讲解内容主要是作家的生平介绍，也有少量作品的介绍。一是，不了解的画家，即使听了内容也记不住；二是，讲解内容太长，如果每幅画都听讲解，可能一天时间都不够。所以我就择其重点，遇到感兴趣的作品听一听讲解，大多绘画作品以观赏为主。中古时期的西方绘画主题大多是《圣经》故事和人物，看得多了，自然也能够基本读懂艺术家要表现的意境。

　　除了博物馆、美术馆，西方城市的又一经典地标建筑就是教堂，每一座欧洲城市必定有一个或数个经典的教堂矗立于城中心的显要位置。我的下一站就是利马河畔的圣母教堂，该教堂始建于公元853年，为典型的罗马式建筑。最早曾经是个女修道院，13世纪被改建成教堂。教堂采用罗马式建筑，教堂的花窗彩色玻璃和壁画都是出自名家之手。教堂不远处、全市最美的巴洛克式建筑是昔日的酒业公会。河对岸正对圣母教堂的建筑是格罗斯大教堂（Grossmunster Church），建于加罗林王朝时期，它以其独特的双塔楼成为苏黎世的城市象征。六鸣节的傍晚6点，格罗斯大教堂的钟会被撞响，这钟声成为宣告春天到来的标志。大教堂中最古老的部分是教堂墓窖，建于11世纪末到12世纪初期，内部的雕像是12世纪的作品。现在大教堂已成为苏黎世大学神学院的一部分。

一个人尽兴地玩了一天，回家吃晚餐，有Furao的拿手菜"土豆烧牛肉"和我隆重推出的四川招牌菜"红油水饺"。我们俩吃着，聊着，窗外传来小雨洒落草地上沙沙的声音……苏黎世的7月，每天都有一场小雨，来无影去无踪，转眼天空又放晴了。

晚饭后，我们决定去河畔走一走看一看，享受一下苏黎世郊区的风景。Furao家附近有一条小河，步行几分钟即到，小河清澈见底，河的两岸全是树林，小雨过后，晶莹的露珠挂在草丛和树木上。四周一片静谧，空气异常清新，负氧离子含量极高，我深深地吸了一口气，沁人心脾，顿觉神清气爽。Furao说，盛夏期间，她和同学常在这条小河里游泳。我特地试了试水温，感觉还是有点凉，我是不敢下水的。

我们俩边走边聊，Furao说起她父母也很喜欢这条小河，来苏黎世探亲期间常常晚饭后一家人来河边散步。Furao还给我讲了很多她学校的故事，关于她的同学和朋友，虽未谋面，但我已经能够清晰地说出若干人的特点爱好。周五，她与同学们常常聚会，在一起做饭吃饭，玩各种中式、西式游戏，探讨各种话题，结伴出游。我早说过，Furao是个讨人喜欢的女孩。

一路走来，这儿不仅有"小桥流水人家"，也有青青的草、绿绿的树、依山势而建的房屋。路上没见几个行人，偶遇一两个，忍不住有上前问好的冲动。回到住处，一群男孩在草地上踢球，玩得十分尽兴，我们也高兴地驻足观看，欢乐气氛在空气中弥漫着……

第三章 | 最爱卢塞恩

◎卢塞恩（Luzern）

　　今早，我再次上路，乘欧洲城际列车造访心仪已久的卢塞恩。卢塞恩是卢塞恩州的州府，是瑞士中部高原一个湖光山色的美丽城市，是瑞士最大的夏季避暑胜地之一。从苏黎世去卢塞恩的列车每小时一班，方便快捷，沿途可尽情欣赏瑞士美丽的山地自然风光，不足一小时的车程转瞬即达。

卢塞恩（Luzern）在拉丁文中是"灯"的意思，早在罗马时期，这儿还只是一个没有几户人家的渔村，为了给过往的船只导航而修建了一座灯塔，因此得名卢塞恩。悠长的岁月，给这座城市留下了璀璨的人类历史文明。中世纪的教堂、塔楼，文艺复兴时期的宫廷、宅邸以及百年老店，古巷长街，比比皆是。究其历史，卢塞恩曾是瑞士的首都，现今虽挤不进瑞士城市排位前三强，但仍具有超高人气，名人骚客都愿在此停留，托尔斯泰就曾长居于此，并写下同名小说《卢塞恩》。这儿被中国人称为瑞士最美丽、最理想的旅游城市之一，是到瑞士旅游不可错失的地方。

卢塞恩到了。下了火车，我首先寻找信息查询处（Information Center）。在欧洲旅游，每到一座城市，首先要找到标有"Information Center"字样的柜台或店面，位置大约在火车站内或火车站附近。在这儿，通常可以拿到一份或多份当地的城市旅游图，很多城市还会有介绍旅游景点的小册子（当然一般都是英文的），这些旅游图和小册子图文并茂，对人地生疏、初来乍到的游客很有帮助。如果住宾馆，一般在宾馆大堂可以拿到这样的小册子。在欧洲自由行的游客还应该具有一个小常识，最好购买当地的城市交通卡，如"维也纳卡""卢塞恩卡"等，分24小时、48小时或96小时三种，票价有所不同，游客可根据自身需求分段购买，凭卡可免费乘坐市内交通，旅游景点门票免费或打折，方便且划算。如，我在萨尔茨堡买了48小时的"萨尔茨堡卡"，20几欧，而我在萨尔茨堡三天两夜的交通费和景点门票费共计超过100欧，着实节约了一大笔钱。

从卢塞恩火车站沿着比拉居斯大街向西行，沿街两侧的银行、钟表店、照相器材店和巧克力店一家挨着一家，橱窗布置极尽精致，商品琳琅满目。从比拉居斯大街向北转入剧院大街，很快就到了罗伊斯河畔（Reuss）。罗伊斯河两岸有成片成片的露天咖啡座，是个观景休闲的好去处。在这里，可以喝杯咖啡歇歇脚，自在地观赏来来往往的行人、缓缓流淌的罗伊斯河，以及戏水弄波的白天鹅。

远远看到卢塞恩的地标建筑——卡贝尔桥（或译为卡佩尔桥，Kapellbrücke），又被称为"小教堂桥"，取名来自桥头的圣·彼得教堂（建于1179年）。在几乎所有的卢塞恩风景名片上都能看到卡贝尔桥的身影，许多游客来卢塞恩就是为了一睹这座古老木桥的风采。卡贝尔桥建于1333年，全长200米，是一座木制廊桥。桥上护栏绘有120幅图画，画中叙述了卢塞恩州和瑞士联邦的历史，每幅画下还有一首德文题诗；木桥外拦腰两侧分别挂着一排色彩艳丽的天竺葵花篮，像水上飘着一条美丽的彩带，所以卡贝尔桥又被称作

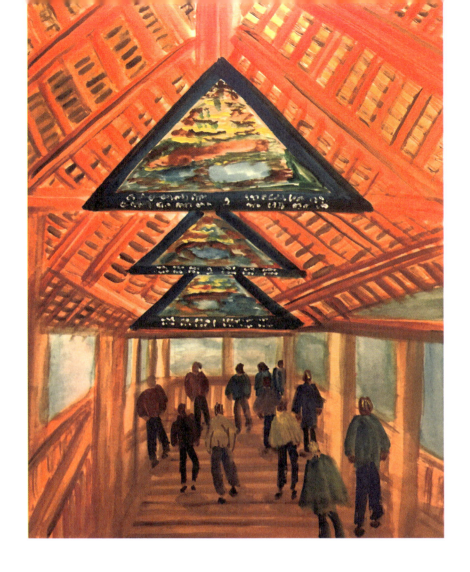

　　"水塔花桥"。桥边河中央矗立着一个八角形水塔，高34米，建于1500年前，曾作为瞭望哨所，是城市防卫设施的一部分。中世纪的古老水塔与环绕着天竺葵的花桥，一个伫立，一个横卧，一个如历尽沧桑、巍然挺立的卫兵，一个像色彩斑斓、浪漫多姿的少女，它们组成一道靓丽的水塔花桥美景。据介绍，卡贝尔桥上的鲜花一年四季盛开，只是不同的季节，鲜花的品种不同、颜色各异，所以卡贝尔桥的颜色也因季节的变化而变换着。

把卢塞恩分为新老两区的罗伊斯河，上下共有七座桥。木制廊桥有两座，另一座木制廊桥——斯普罗伊尔桥（Spreuerbrücke）位于卡贝尔桥的西侧，始建于1408年，长度不及卡贝尔桥的一半，只有80米。但和卡贝尔桥一样，也不是一座直桥，中部有一个小的转弯，转弯处有一座小礼拜堂。像卡贝尔桥一样，斯普罗伊尔廊桥的顶部也有彩绘，由卡斯帕·梅格林格在1626年绘制，描述了14世纪四五十年代横扫欧洲大陆造成几千万人死亡的黑死病流行的景象。这几年在欧洲游玩的过程中，在很多城市都见到为纪念当年那场恐怖的黑死病而竖立的雕塑或纪念碑。

过了卡贝尔桥便进入了卢塞恩老城区，这一带也被称作"小教堂广场"。卢塞恩既具有21世纪的现代化气息，也具有中世纪所特有的古典美，整座城市建筑古典与现代和谐统一，蕴含着蓬勃的生命力。从小教堂广场西行，街道两侧全是中世纪文艺复兴时期的建筑，也有稍后出现的巴洛克风格楼宇，最著名的有旧市政厅（建于1602—1606年）和阿姆·吕恩宫（建于1617年）等。酒市广场是个用鹅卵石铺地的古老广场，中央有个旧式喷泉，喷泉边种有美丽的鲜花，广场四周人字形的小屋都被涂上鲜艳的色彩，如今，这里仍可见到一些酒商做买卖。老城区沿途经过五谷广场、鹿儿广场、美酒市场，以及谷物市场。

到了斯普罗伊尔桥南端，就进入新城区了。这里有州政府大楼、州立档案馆、新市政厅和州议会大会堂，还有古老的李特尔宫，那是文艺复兴时期的建筑，由意大利建筑师建于1556年。市长李特尔死后，由市政府转赠给耶稣会，用作会士住所。雕饰的外墙、托斯卡纳廊柱式的庭院与哥尔坦院（建于1525年）同属一种风格的建筑。加乐广场上有美术展览馆，里面珍藏着大批16世纪的名家之作，当代的真品佳作也有不少，如毕加索等人的作品。希尔斯广场有德国诗人歌德的故居。

　　卢塞恩老城和新区都是购物者的天堂。漫步通过中心街道，所见尽是古老建筑中精致的商店。进入这个五光十色的购物区，即便不消费只是闲逛，也可体验到那种无可比拟的愉悦感，一些出售古董古玩的小店夹杂其中，平添了几许浪漫气氛。我虽不会采购高价时装及珠宝，但既然到了瑞士，瑞士手表还是要买的，一块给自己，一块送人。一般的工艺品如木刻、陶瓷，小巧精致，可

以买一些自用或送人。这里店铺也有卖布谷鸟钟的，不过去年我们游德国黑森林时已经买过了。

在购物区，到处可见写着"Duty Free"的免税商店，凡到标有"Duty Free"的商店购物，游客都可以享受回国时出海关退税的优惠。由于这几年出国旅游购物的国人越来越多，回国前的退税队伍排得越来越长，我今年年初从德国出关时因为帮朋友购物退税，差点误了航班。

作为瑞士著名的旅游景点，卢塞恩真是名不虚传，无论老城区还是新城区，游人如织，摩肩接踵，大街小巷随处可见来自世界各地的旅游团。据我在欧洲多地旅游的观察，似乎有个规律，来自西方世界的旅游团（包括日本团）一般老人居多，被我称为"白发团"；而来自中国的旅行团以中年或年轻人为主，时不时也见到风华正茂的中学生团，甚至叽叽喳喳的小学生团。在卢塞恩的大街小巷，耳边不时传来熟悉的声音，北京话、四川话、重庆话、昆明话，听起来格外亲切。

在卡贝尔桥桥头我偶遇一对日本老夫妇，帮他们拍合照时向他们表达了对日本"3·11"地震的关切。交谈中他们得知我来自成都，自然谈到2008年发生在四川的"5·12"汶川特大地震，我们的话题就多了一些经历了地震的切身体会。

　　随后，在位于豪夫教堂下的卢塞恩河畔，我巧遇了来自美国艾奥瓦州的一位教美术的女老师。一开始她请我帮她拍照，一听到纯正的美式英语，我立刻兴奋起来，好久没有听到这么纯正的美语了。我潜意识里突然冒出一个想法：她可能也是一位教师。果然不出所料，她从美国来瑞士巴塞尔与朋友相聚，已经来瑞士近一个月了，今天独自从巴塞尔乘火车来卢塞恩游玩。大约过了三个小时，在卢塞恩湖的下游斯普罗伊尔桥头，我们再次相遇，真是有缘千里来相会！

我沿着旅游地图的指示找到了离城中心稍远一些的《卢塞恩垂死的狮子》（《Lion Monument》）石雕，这是世界上最有名的雕像之一，1821年由丹麦雕塑家雕刻在天然岩石上，岩石下方是一块绿色的池塘，水面上映着石像的倒影。这头长10米、高3米多的雄狮，痛苦地倒在地上，濒临死亡，折断的长矛插在肩头，旁边有一个带有瑞士国徽的盾牌。石雕是为了纪念1792年8月10日，参与巴黎杜伊勒里宫（Tuileries）中的路易十六家族的战斗中作战的1100多名瑞士雇佣兵，雕像下方有文字描述了此事件的经过。当年，瑞士是一个贫穷落后的国家，男子迫于生计，纷纷到欧洲各国当雇佣兵。瑞士雇佣兵忠于雇主，英勇善战，很受雇主的赏识。但在这次残酷事件之后，瑞士停止雇佣兵外出作战。美国作家马克·吐温曾造访卢塞恩，将《卢塞恩垂死的狮子》誉为"世界上最悲壮和最感人的雕像"。所以，这是游人造访卢塞恩不得不看的景点。

无论在卢塞恩的新城和老城，都可以看到两座美丽尖塔直插云天，那就是卢塞恩豪夫教堂（Hofkirche）。豪夫教堂位于卢塞恩湖（Lake Luzern / Vierwaldstättersee）的北面，是卢塞恩最重要的教堂。我到达豪夫教堂时，时针正指向12点，教堂钟声响起，洪亮而富有回音的钟声在卢塞恩上空久久回荡。豪夫教堂于公元735年开始建造，最开始是罗马式建筑，到14世纪被改建为哥特式，17世纪的一场大火将教堂严重破坏，随后又被改为文艺复兴式。教堂的木门和两侧墙上，都有精致雕刻的《圣经》故事。走进教堂，内部庄严肃穆且富丽堂皇，礼拜席上有生动细腻的雕刻图案。教堂的管风琴硕大无比、雄伟壮观，于1640年制造，共有4950根风琴管，至今仍在卢塞恩的夏季音乐节上被使用。我在教堂静静地走，静静地看，静静地在心中与上帝对话。出了教堂，左侧是一片很大的墓园，庄严肃穆，鲜花盛开。我静静地走在墓园里，细细地读着墓碑上的那些不太看得懂的文字、数字。

沿豪夫教堂往下行，几十米的距离就是著名的卢塞恩湖。卢塞恩湖德语的意思是"四森林州湖"，顾名思义，该湖四周围绕着四个森林州，它是瑞士联邦的发源地。湖泊面积大约114平方千米，是瑞士境内第五大湖泊。湖岸蜿蜒曲折，将卢塞恩城市与周边的山峰连接起来，勾勒出了一道又一道美丽的风景。我坐在湖畔长椅上，安静地欣赏着湖面如诗似画的景象，放眼望去，湖上天鹅、水鸟盘旋嬉戏，远处雪山及湖畔建筑倒映在湖面上。卢塞恩湖的岸边，有许多美丽的建筑物，这些欧洲古典式楼房一般五六层高，墙壁被漆成乳白、淡黄、湖蓝、粉红、棕色，屋顶大部分是鲜红色的。山坡房屋都是独门独院的别墅，绿树掩映，错落有致，更增添了卢塞恩古城的魅力。

每个来卢塞恩的游人都想全方位地欣赏卢塞恩湖，而乘坐游船看湖则是不二选择。我当然也不例外，湖畔有很多码头，购票后可随意上下。卢塞恩三面环山，山色葱茏、冈峦起伏，一面湖光粼粼、碧波千里。蓝色的湖水漫布在卢塞恩城区的东南方向，堤岸蜿蜒曲折，景色苍茫。游船划过湖面，激起白色浪花，游人置身青山绿水之中，有心旷神怡、飘飘欲仙的感觉。远处，点点白帆像一只只白色天鹅引吭高歌；近旁，蔚蓝色的湖水就像是镶嵌在城市中的蓝宝石。卢塞恩湖像一位美丽的贵妇人在雪山和白云的烘托下美丽动人、妖娆万分。这里隆重推荐卢塞恩湖游船线路，包括古董蒸汽轮和上下几层的现代化大型游船一年四季春夏秋冬都有航线运行。经典线路有"午餐游船""皮拉图斯金色环游"。如果你来卢塞恩是在夏日，又有大把时间随意支配，可在罗伊斯河与卢塞恩湖的交汇处租到脚踩船，携朋友或家人踩着脚踏板，慢慢悠悠地在水面上荡漾，那又是另一番情趣。

一天的时间太过短暂，在告别卢塞恩之前，我竭尽所能挤出了一些时间去参观卢塞恩文化和艺术中心（KKL）。这座美轮美奂的现代建筑物依卢塞恩湖而建（与豪夫教堂隔湖相望），功能完备，能够满足大型演出、会议、展览和庆典等各种活动的要求。这座建筑是由法国杰出的建筑设计师Jean Nouvel设计的，他巧妙地把湖水引入了大厅，浪漫而富含新意，自然而巧夺天工。其中的大型组合式音乐厅是著名设计师Russel Johnson的杰作，厅内安有多达1840张舒适的座椅，音响效果极佳。所以，KKL是令世界首屈一指的指挥家、音乐家和管弦乐队极其倾心的演奏厅。在此欣赏一场世界级高水平的音乐会自然成了我的又一个梦想。

　　据介绍，每年8月的卢塞恩是瑞士最有魅力的旅游胜地，原因之一就是这里要举行一年一度的国际音乐节。从书店到杂货店，橱窗里的摆设都以音乐为主题。贝多芬、莫扎特、肖邦、施特劳斯等音乐大师的肖像被放置在鲜花或各式商品中；小提琴、大提琴、钢琴、笛子等乐器都成了畅销品。在持续几个星期的音乐节里，大大小小的音乐厅举行各种形式的演奏，每每座无虚席。即使没时间去音乐厅，游人也不难目睹音乐家们的风采。从车站到旅馆，从罗伊斯河堤到卢塞恩湖畔，你总会遇见一些熟悉的面孔，那是来自世界各国著名的音乐家们。这种邂逅，对于热爱生活、热爱音乐的人们注定是一种欢愉和熏陶。我这次造访卢塞恩是在7月末，离盛大的卢塞恩音乐节开幕虽还有一个星期，但已经能够强烈地感受到卢塞恩城市的空气中流淌着浓浓的音乐节气氛了。如果你是音乐爱好者，请记住选择每年8月来卢塞恩。

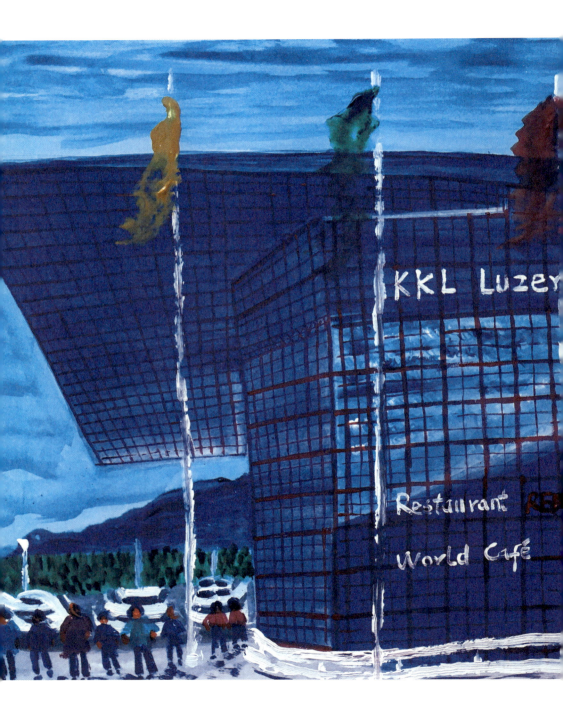

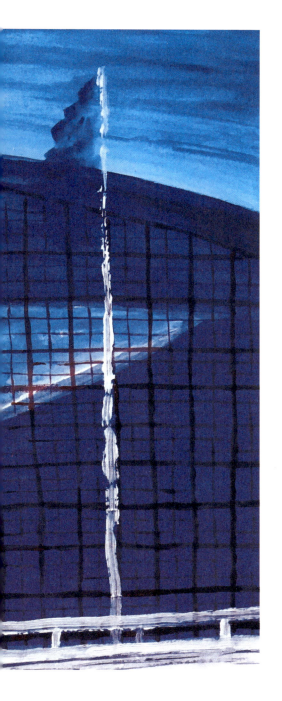

卢塞恩给我留下了无限美好的印象，短短一日时光有限，我想我会再来的。因为卢塞恩是前往瑞士中部旅行的出发地，卢塞恩地区的皮拉图斯山（Mt. Pilatus）或者瑞吉山（Mt. Rigi）是必游之地。泰尔快车的始发站是卢塞恩，也许下次我的卢塞恩之旅就是乘坐快车经过卢塞恩湖到达圣哥达隧道，最后抵达位于阿尔卑斯山脊南部的提契诺州（Ticino），造访我心仪已久的卢加诺（Lugano）。当然有机会我还想走一走始于卢塞恩的"樱桃之路"，阳春三月沿途欣赏樱桃花的美丽景色，还能品尝到甘醇的樱桃酒，不能不使人充满无限的期待！

第四章 | 欧洲三大瀑布之一——莱茵瀑布

◎莱茵瀑布（Rheinfall）

　　今天是我们举家出游博登湖（Bodensee）的第四天，博登湖是欧洲最美丽的湖泊之一，横跨德国、瑞士和奥地利三个国家。当我们乘坐游轮环游博登湖时，游轮在茫茫的水域中行驶，一会儿从德国进入瑞士，一会儿从瑞士进入奥地利，一会儿又从奥地利回到瑞士再回到德国，我们的手机不停地接收到来自中国驻德国、瑞士、奥地利（甚至还有列支敦士登）大使馆发来的信息。我想，过去没有欧盟申根国签证时，坐游轮游博登湖会不会需要办理三个国家的签证呢？我朋友十年前来欧洲旅游没能去瑞士，

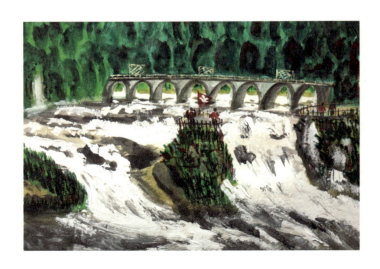

主要原因就是当时的瑞士还不是欧盟申根国，所以她们围着瑞士在法国、德国、奥地利转了一圈，对瑞士却只能"可望而不可即"。

　　我们今日游程：瑞士莱茵瀑布（Rheinfall）和纽豪森小镇（Neuhausen）。如果说游博登湖算是与瑞士擦肩而过，那么游莱茵瀑布就是实实在在地踏上了瑞士的土地。有人说"瑞士真是个神奇的国度，一个山地小国，却把好风景都揽到自家怀中了"。这话确实有道理，瑞士不仅仅拥有众多的雪山湖泊、田园山坡，莱茵河一路流经多个国家，全长1232千米，偏偏把最壮阔的一段留在了这个山地小国瑞士，莱茵瀑布就是莱茵河在这漫长流程中唯一的一个瀑布。

地处瑞士的莱茵瀑布，离德国小镇辛根（Singen）不到20分钟的火车车程。我们开车从康斯坦茨出发，仅用了40至50分钟，就到了莱茵瀑布。尽管在两个国家的边境城市都设有海关，但一般只对可疑的人或车进行检查，没有烦琐的例行检查，让人不会有出国过海关的感觉。不过，往返过海关时，女儿还是专门提醒我们"过海关了"。过了瑞士海关，我们的车在瑞士乡间蜿蜒的山路上穿行，车窗前后左右全是绿树、绿草，绿色一片，瑞士的绿色植被确实是德国不能相比的。

不知不觉中，车一转弯，莱茵瀑布赫
然映入眼帘，用"豁然开朗"这个词来形
容此情此景，是最合适不过的了。

莱茵瀑布形成于14000年到17000年前，是莱茵河1232千米流程中唯一的一个瀑布，宽约150米，落差约23米，全年水流量平均可达每秒700立方米。虽然莱茵瀑布平均流量与世界其他瀑布相比排名仅居第22名，不可与北美尼亚加拉大瀑布同日而语，但它是欧洲流量最大的瀑布。诗人歌德曾为莱茵瀑布的魅力深深折服，先后四次来到这里，感叹道："曾有那么多人将这里描绘在画里、文章里，想要传达自己的感动，但是实际上，这里并不需要任何人来定论。"

莱茵瀑布与冰岛黛提瀑布（Dettifoss）、上帝瀑布（Godafoss）并称为"欧洲三大瀑布"。我很幸运先后亲临了这三大瀑布，充分领略了冰岛黛提瀑布的壮观和"上帝瀑布"的秀美，今日又得见矗立于天地之间的莱茵瀑布。远远望去，莱茵瀑布水流湍急奔腾而下，腾起的水雾白茫茫一片。而莱茵瀑布最独特之处就是有两块巨大的柱状岩石耸立于瀑布中央，把瀑布一分为二，岩石上设有旋梯，顶端插有瑞士国旗，每年瑞士国庆节（8月1日），在此有烟火表演。

我们站在莱茵河畔，直面神奇大自然的鬼斧神工，感慨万千，无以言表！四周游人纷纷举着相机、手机，拍照、摄像，无一不想永远留住这美妙的画面。突然，我们发现瀑布前方有一艘黄色顶篷的游船在湍急的河流和瀑布腾起的巨大水雾中劈波斩浪地穿行着，似有随时被波浪吞没的危险，这不由得引起岸上人们一阵阵惊呼声。一会儿工夫，游船停靠在矗立于瀑布中央的巨石下，只见游人一个个下船，然后攀旋梯而上，登到岩石顶端……我们岸上人群看得无不心惊肉跳。

　　年轻人当然不会错过这样的探险机会，女儿立即提议我们也去乘游船、登岩石、看瀑布。我这当妈的只要女儿去哪里，自然无条件跟从。先生这种平日里谨小慎微的人当然是120个不同意。我看女儿和nenad都去，立马说："我也去。""都去，爸爸必须去。"女儿不容置疑地说。当爸的自然犟不过女儿，只好乖乖地跟着。我们购票上船，一共七八个人，分坐小船两侧。小船是机动的，专人驾驶。船顶配有黄色的油毡顶篷，记忆中好像当时连救生衣也未给我们发，可见这完全算不上一次惊心动魄的探险之旅。其实，有些事情在没做之前，被想象得很难很险，真正置身其中身体力行后，会发现并非想象的那般可怕。船一开动我马上开始摄像，我要把这动人心魄的一幕全程摄下来。后来回放影像时，在巨大的水流冲击声中夹杂着先生严肃低沉的叮咛声："不要把头伸出去！""手机打湿了！"，等等。

　　我们乘坐的游船在激流中前进，不大一会儿工夫，从莱茵瀑布一侧驶过，顺利抵达瀑布中央的巨石脚下。大家小心翼翼地下船，然后开始沿石梯往上攀爬。石梯是人工开凿的，很窄，只能容一人上下，但石梯两边有铁栏杆扶手，所以相对还是比较安全的。巨石有两三层楼那么高，四周长有草丛树木，顶端被削平，且用铁栏杆四面围着，可以容纳几个人站立，但转身是比较困难的。想象一下每年瑞士国庆日（8月1日）在此举行的烟火表演，那是何等壮观的场面！

　　站立顶端，四下观望，只见脚下莱茵瀑布如万马奔腾呼啸而过，溅起的白色水沫像雾像雨又像风，铺天盖地白茫茫一片。"太壮观了！""太神奇了！"我们情不自禁地欢呼起来，声音顿时却被瀑布巨大的击水声淹没了。

四周瀑布溅起的水花高过头顶，在空中飘散着，我们仿佛悬于天地之间，置于云遮雾障的白色水雾之中。不过，生性谨慎的严先生关键时刻担负起"护花使者"的角色，招呼这个，拦阻那个，一直在提醒"注意安全"。

不想我摄影摄得忘乎所以，把生死安危完全置之度外，一个仅能容纳三四个人站立的地方，我们一下子上来了四人，另外还有一家三口，我这样忘情地180度、360度大旋转地摄像，把女儿和严先生看得心惊肉跳，他们对我发出毋庸置疑的命令："赶快下去！不要命了？！"我这才回过神来，太吓人了！我们站在突兀的一块岩石上，脚下是十几米奔腾咆哮的莱茵瀑布，腾起的水雾扑面而来，脸上、身上、我的手机外壳都被浸湿了。返回岸边时，女儿很生气地说："妈妈，把手机给我，不准你拍了。你要是掉下去了怎么办？！我要不要救你？！爸爸要不要救你？！"先生当然附和着训斥我的胆大妄为。现在回想起那个情形，后脊发凉，腿肚子发软，阵阵后怕。当时太肆无忌惮了。

　　特别说明一下，这座离小镇只有几步之遥的天然瀑布没有围栏，没有大门，欣赏这儿的美景是不需要付费的。

看完瀑布，我们正好准备去吃饭，然后悠悠闲闲逛一逛莱茵瀑布所在之地——纽豪森小镇（Neuhausen）。瀑布南岸有一座崂芬城堡（Schloss Lauren），城堡旁边设有一个火车站，还有一个人工搭建的钢架观景台，那是一个近距离观看莱茵瀑布的绝好地方。观景台像一个巨大的伸展台，从路边平伸到奔腾咆哮的莱茵河上，瀑布从观景台旁奔流而下，每秒700立方米的水流量腾起的水雾打湿了游人的眼镜、衣裤。场面有一点惊心动魄，风景相当壮观。引来游人一阵阵大呼小叫，有点恐高症的人还真不敢太靠近栏杆。

　　观景台附近另有一座施洛斯利沃特城堡，现在被改建成了一家高级餐厅。当你坐在餐厅中，享受着瑞士美食时，透过巨大的落地窗观赏莱茵瀑布，又是另一番风景。到了这里，你要享受的不仅仅是莱茵瀑布的自然风光，还有纽豪森小镇的风土人情和莱茵河带给你的浪漫气息。从纽豪森火车站，沿着莱茵河走，无论是靠火车站一边的民居还是河对岸的林荫道，都散发着生活气息。瑞士民房一幢幢依山势而建，大多是木结构建筑，屋檐下、窗台前都是盆栽花卉，夏日里鲜花盛开得姹紫嫣红，实在令人赏心悦目。

　　如果有时间的话，不妨放慢脚步，在通往瀑布的路边闻闻花香、听听鸟鸣、踩踩落叶、踏踏青草，你会发现，时间是可以被短暂凝固的。沿着莱茵河畔漫步，我们惊喜地发现，莱茵瀑布下游水流平缓之处，有很多很大的鱼，它们一群群静静地置身水中。先生说这种淡水鱼味道最美，我笑他只要说到吃就来劲儿，什么好东西似乎都可以与吃扯上关系。当然，出门旅游，除了观建筑看风景，品尝异国他乡的美食也是不可或缺的一部分。

第五章 | 古城沙夫豪森

◎沙夫豪森（Schaffhausen）

我们一家四口博登湖之行的最后一站——瑞士中世纪小城沙夫豪森（Schaffhausen）。这是一座拥有不到四万人口的位于莱茵河沿岸的古城，是沙夫豪森州州府所在地。

我身边的朋友凡到访过瑞士莱茵瀑布的无一例外都来过沙夫豪森，沙夫豪森与莱茵瀑布仅隔4千米，我们驾车可谓是一脚油门就来到了这儿。据说，几个世纪前沙夫豪森建市就与莱茵瀑布有直接的关系，沙夫豪森所在地位于瑞士最北端，与德国境内的莱茵河交界，因为航道运货商往往需要找地方卸货和存储货物来避免船只过莱茵瀑布时水流太急而无法通行，所以，小镇应运而生。

游沙夫豪森不需要任何交通工具，步行就可以把好看的地方一网打尽。我们在停车场与女儿女婿分手，各自游玩，吃饭问题自行解决。现在的情形是反着的，我们老一辈的喜欢猎奇，每到一处都愿意到处走走看看，而小一辈的却喜欢轻松游，他们俩一定会去城中心转转，然后坐咖啡店，再进餐馆。也难怪，路上我们可以休息，他们开车还是蛮辛苦的。

沙夫豪森是个充满活力的古城，首先映入眼帘的是街道上楼房窗户外随风飘扬的瑞士各州五颜六色的州旗，这好像是我们所走过的瑞士城镇共同的景观。相比较而言，在德国举行世界杯或欧洲杯比赛期间德国家庭（主要是球迷）有悬挂国旗的习惯，平日里你只能在市政厅或重要的建筑、场合看见德国国旗。我曾经与德国友人谈到我的观感，他们认为德国民间鲜少悬挂国旗大概与二战有关，因为二战德国是发起国也是战败国，二战以后德国人反思，不再强化国家意识与民族意识。

　　沙夫豪森的购物环境虽比不上法国巴黎、意大利米兰、德国法兰克福，但进入小镇，最先看到的就是集市，也就是现在的加福德加塞（Vordergasse），这里有老城最大的集市，咖啡店和餐馆一家连着一家，这是游客和当地人购物与休闲用餐的好去处。穿过集市，进入沙夫豪森的步行街，这里有许多精致的行会大楼和商务大楼，其历史可以追溯到哥特时期和巴洛克时期。

沙夫豪森最使我们感兴趣的就是大街两边楼房外缀有一种造型独特的"凸肚窗"（或叫"凸肚悬窗"），它与当今中西方建筑常见的内阳台和外阳台都不同，这是瑞士独特的建筑形式。凸肚窗完全独立于楼房之外悬在空中，或用木料或用石料建造而成，形态各异、姿态万千、雕梁画栋、色彩斑斓。凸肚窗是窗又不是窗，它既是一件件耀眼的艺术品，同样又是房屋主人商贾富家身份地位的象征。据称沙夫豪森共有170个凸肚窗，且一窗一景，我们算是开了眼界。虽然在欧洲其他城市偶有得见这种凸肚窗，但绝没有这等壮观景象，数量之多、造型之美、色彩之艳，在瑞士当之无愧排名第一。

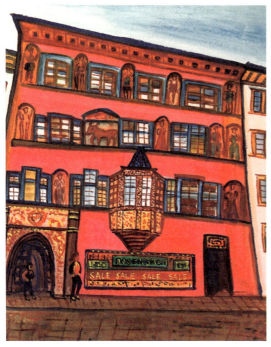

沙夫豪森的第二大景观是街面古建筑上的"外墙彩绘"，也称为"湿壁画"。古城步行街许多巧妙绝伦的巴洛克建筑，以及建筑上保存完好的15—17世纪精美的外壁彩绘绝对吸引你的眼球。这些外墙彩绘，有的气势磅礴，整幢楼房的墙面就是一幅画作；有的彩绘精巧细致，如小家碧玉般犹抱琵琶半遮面，甚是有趣。古香古色的楼台亭阁、优美迷人的自然景观、气宇轩昂的王公贵族、威风凛凛的骑士将军，一一在彩绘里得以展现。这种大规模外墙彩绘我是第一次得见，有点"刘姥姥进大观园"的感觉。我自认为凸肚窗和外墙彩绘是沙夫豪森建筑最具特色的地方，也是这儿最吸引人的缘由所在。

　　寻着高高耸起的尖塔，不费任何周折，我们找到了沙夫豪森高大的哥特式圣约翰教堂，走进去静静地坐一坐，心灵会获得片刻的安宁与平静。如果时间刚巧合适，还可能有幸体验教堂管风琴的袅袅余音。欧洲城市旅游，看教堂、进教堂是必不可少的项目。无论大小城市，甚至村庄，只要有人居住的地方，在中心位置一定有一个高耸挺拔的教堂尖顶，那是当地人与上帝对话的地方。

　　走走停停，在街边鲜花簇拥、古朴典雅的咖啡屋小坐片刻，边赏街景边品咖啡，也是旅游途中必不可少的一部分。我们在街上转悠，大饱眼福的同时，拍下了许许多多精美绝伦的照片。沙夫豪森街上很少看见国人的身影，不像在欧洲大都会城市那样随处可见国内旅行团。偶然遇见几个讲英语的旅游团，像我们这样，一个举着单反一个拿着手机在大街小巷一边转悠一边拍照的，在当地人的眼里也不算多见。

逛了集市、步行街，进了教堂，坐了咖啡屋，我们下一站就是爬山，去参观米诺城堡（Munot）。米诺城堡是建于山丘上的16世纪的圆形城堡，它是沙夫豪森城市的象征，也是古城的地标，游人绝对不能错过的打卡地。我们朝着城堡的方向，随便找了一条小径向上攀爬。瑞士是个多山的国度，很多小城、小镇，房屋建筑依山而建。从大街上举目往上看，风格、颜色各异的房屋一层层呈梯形往上伸展；而登顶后从上面俯瞰城市，错落有致的绿树丛中，橘红色的房顶一片又一片，仿佛一幅幅多彩的油画。沙夫豪森就是依山势而建的城市。

　　我们沿小路向上行走，两旁是葱绿的花草树木，房屋建筑错落有致，鲜花盛开令人赏心悦目。走了不一会儿，看见前面是整整齐齐的石头阶梯，估计这

才是登堡的重要通道。我们一边拾级而上，一边往下观看四周景色。脚下是一层层梯地，大红、粉色、鹅黄、白色的玫瑰一株株一丛丛竞相开放。站在玫瑰园往山下看，依山势而建的房屋层层叠叠，褐红色的房顶在蓝天白云映衬下分外醒目，随手拍一张照片，绝对可以作为沙夫豪森的明信片。

不知不觉间，我们就到了米诺城堡的瞭望广场。站立在直径50米的瞭望广场，360度鸟瞰沙夫豪森城市风光，绕城而过的莱茵河和两岸的葡萄园、房屋建筑，美景尽收眼底。这里绝对是风光摄影师们最爱的拍摄点之一。

　　米诺城堡建于沙夫豪森小镇最高处，是用作抵御外敌入侵的防御工事。城堡所在的山丘地形险峻，圆形城堡四周有很深的壕沟，居高临下易守难攻，是警戒防守的最佳位置，据说14世纪时这里就已经建有监视塔了。史料记载，城堡刚建成时曾被各方怀疑是否能够派上大用场，后来的岁月中只在1799年法国军队从奥地利撤退的那场战斗中起到了防御的作用。养兵千日，用兵一时，有这么一次大用处也算是物尽其用吧。现在，城堡外的广场上还摆放了两台当年战斗留下的大炮，像是在向后人讲述那场不屈的战斗。

　　城堡内部立柱将整个大厅分为了一个个穹顶，而每个穹顶通向平台的通风口就是天然的照明装置。城堡内部没有什么修饰，空空如也，有一种人去楼空的感觉。不过正好，能感受一下原汁原味的欧洲建筑，也是一种很不错的体验。

抚摸着古堡斑驳的围墙，听它无声地诉说着经历的世事沧桑，我正在心中感叹岁月流逝时，突然发现古堡的壕沟里散放着一群梅花鹿，大大小小十来只，有的正在低头吃青草，有的正在悠闲漫步，还有几只小鹿正在追逐打闹，甚是有趣。当年建造城堡，这深深的壕沟是用来防止敌人偷袭而修筑的，现如今有了别的用场。可爱的梅花鹿在这儿安家繁衍，幸福地生活着……

玫瑰花开放，梅花鹿欢跑，米诺城堡还有丝毫当年刀光剑影的战争痕迹吗？蓝天下黑黑的城堡高墙分外惹眼，那是不是岁月留下的印记？城堡四周狭窄的黑洞洞的小窗口，当年是不是在此架设过一支支枪炮？

沙夫豪森的人们每天21：00都可以听到从米诺城堡高塔传来的钟声，这是自中世纪持续至今的风俗。遥想当年，每当钟声响起，城门关闭、小酒馆打烊，小城的一天结束了，多么浪漫的小夜曲啊！现在每晚的钟声，还是会给小城人民以安静祥和的感觉，令远方来的客人追忆那些遥远甜美的日子。今日，米诺城堡不仅是观光胜地，更是深受当地市民喜爱的城镇象征，这里经常被当作节庆广场、演奏厅，供市民娱乐使用。

站在城堡的另一侧，满山的葡萄园层层叠叠，山下穿城而过的莱茵河缓缓流淌。慢慢往下行，到莱茵河畔走一走看一看，享受一下莱茵河畔的风光，找一个小小咖啡屋，静静地坐着，品一杯咖啡，那又将是一种怎样的人生体验。不过，这次没有时间享受这样的闲暇时光了。下次吧！顿时，我又有了再来沙夫豪森的冲动。

　　夜幕降临，举家共游博登湖在此落下帷幕，此次的瑞士之旅也画上了句号，我们就要踏上返回法兰克福的征程了。几天来我们游历了康斯坦茨城、博登湖、美茵瑙岛、莱茵瀑布，以及美丽的古城沙夫豪森。一路赏景一路放歌，我们饱览了人间美景，更享受了全家出游的亲密时光。

第六章 | 盼望已久的日内瓦行

◎日内瓦（Genèva）

此次日内瓦之旅是我第四次踏上瑞士的土地，也是我迄今为止最深度的一次瑞士自由行。有人说，要有湖有山才称得上完美风景，瑞士这个山清水秀的国度，从来不乏大自然雕琢的完美风景，而在这万水千山之中，有一个地方是最值得游览的，这就是日内瓦。

盼着盼着，期待已久的瑞士之行即将成行。临行前一天女儿下班回家，带来一个让人有些不安的消息——汉莎航空的员工罢工了！我们乘坐的从法兰克福到日内瓦的航班会不会停飞？我们在忐忑中度过了一夜。第二天一早女儿开车送我们去机场，有惊无险，我们按时登机，顺利飞往了日内瓦。后来我们从日内瓦返回法兰克福的第二天，汉莎航空这条航线的航班全部取消。女儿说："爸爸妈妈太幸运了！"这是后话。

且说我们乘坐汉莎航空从法兰克福飞往日内瓦，放眼一看机上一共三个华人面孔，居然坐在同一排座位上，不知是不是巧合。旁边的男子四十来岁吧。聊天中得知他几年前从中国合肥来到德国汉堡工作，这次来日内瓦出席一个国际会议。他的经历我们蛮好奇的，他是中科大毕业的学生，没有留学背景，在国内网上读到德国汉堡一个研究院的招聘广告，经过书面申请、网上面试后被录取，就直接来到汉堡工作，且他太太和儿子也一并来到德国定居。他来德国之前完全没有德语基础，来到德国后工作语言是英语，做的是研究工作，当然后来还是学了一些德语，生活用语基本能够对付。我们一路聊得很开心，当他得知我们在德国生活多年，还咨询了我们关于德国购房的相关信息。

当航班飞临日内瓦上空时，我们透过机窗玻璃看见了像大海一样的日内瓦湖（Lake Geneva/Lac de Genèva）。这趟旅行我提前做足了功课，日内瓦有湛蓝的湖水和皑皑的雪山，日内瓦湖（亦被称为"莱芒湖"）是由阿尔卑斯冰山雪水汇集而成的，也是西欧最大的天然湖泊。湛蓝清冽的日内瓦湖水孕育出了日内瓦这座美丽迷人的城市，这儿被誉为"花园城市"，沿着日内瓦湖畔分布着景色秀美的花园和公园，这是一座被鲜花簇拥的城市，这片美丽的土地是休闲度假的绝佳胜地。

从飞机机窗看下去，蓝绿色的湖水无边无际，气势磅礴的日内瓦大喷泉（Jet d'Eau）尽收眼底。早就知道这是日内瓦湖畔的一座特大型人工喷泉，喷泉水雾高度可达约140米。今日得见，果然名不虚传，在上千米的高空都能一睹其芳容，令我们兴奋不已。这时该发挥作用的当属先生的单反，咔嚓咔嚓，一通猛拍！

我们下了飞机搭乘公交车直接去酒店，顺便说一下，持机票可以在机场自动售票机上获得一张日内瓦交通卡，免费乘坐公交从机场至酒店。我们入住的宾馆位于日内瓦市中心，离火车总站、汽车总站和日内瓦湖都在步行5分钟行程

之内，出门观光换乘火车、汽车都十分方便。这样的酒店特别符合我们出行的需求，我们的日内瓦之旅基本上都是在市区与周边小镇之间交叉进行的。

到了酒店后，我们放下行李直奔第一站——大喷泉，刚才在飞机上看见就已经激动万分了。大喷泉是日内瓦的著名地标，从城里的许多地方都可以望见，但观景的最佳位置一定是日内瓦湖畔，因为大喷泉就在湖中央。酒店外面是步行街，步行街两侧是各种高端时装店，往下走，不足五分钟就来到日内瓦湖畔，只见宽阔的湖面水天一片，成群结队的水鸭在湛蓝的湖面上嬉戏，雪白的天鹅在水中游弋，岸边鲜花盛开、绿草如茵，人们自由自在地享受着大自然无私的赠予。

日内瓦每年夏天都有两周左右时间会举办湖节（Lake Festival），当地为此特意在湖上建了一座"花桥"。花桥的顶篷和两侧栏杆上全是翠绿色的藤蔓植物，绿植上鲜花盛开，姹紫嫣红。走进花桥分明就是踏进了一个花的海洋，人们徜徉其间，可以尽情享受这鲜花的世界。花桥桥头更有一番热闹非凡的景象，只见孩子们正拿着面包屑在喂食天鹅，而一群群白色的大天鹅毫不怯生地伸长脖子、扑腾着翅膀来抢食。这一幕引来孩子们阵阵笑声和欢呼声，自然也聚集了不少游人在此拍照留念。

与花桥并列的是一座大铁桥，它就是连接日内瓦市区和日内瓦湖的勃朗峰桥（Pont du Mont-Blanc）。相比花桥，勃朗峰桥雄伟壮观，大桥两侧的瑞士国旗和日内瓦州旗呼啦啦迎风飘扬，桥很宽阔，车来车往，一派生机勃勃的繁忙景象。勃朗峰大桥是日内瓦的重要桥梁，位于日内瓦湖流入罗纳河（Rhône）的位置，是日内瓦湖尽头的标志性建筑。站在此桥上能够看到勃朗峰，桥头正对着的是日内瓦市中心的勃朗峰大街，这条宽阔的大街两侧有许多高级钟表店、巧克力专卖店和礼品店。以勃朗峰桥为中心，四周沿日内瓦湖分布着好几个生趣盎然的公园。

过了花桥再往前走，我们步入位于日内瓦湖畔的英国花园（English Garden/Jardin Anglais）。它是沿日内瓦湖绵延长达上千米的一片片由花圃、草坪、雕塑、喷泉组成的大型人工景区。英国花园建于1854年，1862年兴建勃朗峰桥时加以扩充和改建，形成目前这样巨大的规模，占地25430平方米。如果你想细细品味英国花园里的每一个花圃、草坪、雕塑、喷泉，不用上半天的工夫恐怕是不行的。

我们边走边赏景，径直走向大喷泉的喷发点。大喷泉的喷发点设立在湖水中，喷泉下方有一条从湖岸延伸至湖中的堤道，游人可以顺着堤道从湖畔走到喷泉高压水泵处。这里挤满了观景的人，喷出的湖水时而随着风向直接洒落在堤道上，宛如倾盆大雨，一阵惊呼后，游人个个成了落汤鸡；时而风向一转，喷出的湖水成了笔直的一根线直冲云霄。"横看成岭侧成峰"，从远近高低各个不同的视角看，大喷泉呈现出千姿百态的壮观画面，让初来乍到的我们领略了它销魂的魅力。住在日内瓦的人们见怪不怪，百年来大喷泉早已经成了他们每日生活的一部分！

大喷泉1891年建成，历史很悠久了。当时的日内瓦有很多制表工坊，师傅们会在每天下班前几乎同时关闭水阀，这样一来就会形成强大的水压，一位水力厂的机械师突发奇想设置了一个安全阀门，让关闸造成的高压水流经此阀门冲向高空，日内瓦喷泉便由此产生。真是要好好感谢这位能工巧匠的突发奇想，否则哪来这样美轮美奂的壮观景象！在德国什未林我也见过湖中央的喷泉，但水量和气势都小了许多，远远没有这么宏大壮观。

　　看过大喷泉我们就沿着日内瓦湖畔慢慢地走，仔细观赏沿湖展开的英国花园的美景。这座英国式的花园是日内瓦湖畔休闲散步的好地方，花园内参天大树间装饰有喷泉和雕像。花园内有建于1869年的国家纪念碑和花钟，以及用以纪念1815年日内瓦加入瑞士联邦的喷泉雕塑。大道旁著名的大花钟（The Flower Clock/L'horloge fleurie）最早修建于1955年，花盘直径达5米，由6500株鲜艳的花卉拼成。日内瓦是著名的钟表之城，也是瑞士钟表的发源地，日内瓦湖畔的花钟被誉为"世界花钟的鼻祖"。实际上，我看过维也纳的花钟、洛桑湖畔的花钟，都十分美丽壮观，但是日内瓦花钟在世界人们心中的重要位置无可替代，人们都要寻到此处拍照留念。湖边还有个地球仪形状的钟表雕塑，也非常特别，日内瓦时时处处都在向来往的人们展示着它作为世界钟表鼻祖的地位。

　　花钟旁边的花园是休闲散步的好地方，花园里有参天大树和喷泉，很适合纳凉。紧挨着花钟，位于湖滨与老城区连接的街心花园里矗立着一大型人物雕塑，男的武士装扮手持盾牌，想必这尊雕塑应该是纪念瑞士雇佣军的纪念碑。此情此景自然使我想起曾经在卢塞恩看见的石雕《卢塞恩垂死的狮子》，以及在苏黎世国家历史博物馆里看到的大量实物与图片。

我们从日内瓦湖畔英国花园走回到日内瓦老城区，在勃朗峰码头旁边看见装饰华丽的布鲁斯维克公爵墓（Brunswick Monument），这里埋葬着布鲁斯维克公爵查理二世（Charles d'Este Guelph, Duke of Brunswick）。布鲁斯维克公爵出生在德国，他人生的最后三年在日内瓦度过，并将所有遗产献给了日内瓦。作为回报，日内瓦为他建了这座仿照14世纪意大利维罗纳的史卡利杰（Scaligeri）式样的哥特式陵墓。

　　漫步在日内瓦老城区，这里古香古色别有风味，狭窄的街道弯弯曲曲，爬坡上坎，沿街两侧分列着装饰别致的咖啡店和小餐馆，晌午时分，咖啡店、小餐馆开始热闹起来，我们也正好解决一下吃饭问题，尝尝瑞士美食。不过，我们不敢造次点一些我们不熟悉的菜品，担心端上来吃不了，所以只点了烤鱼片配烤土豆，再来一点蔬菜沙拉。至于瑞士美食奶酪火锅，我们虽一直很好奇，但从没有尝试过，怎么也想不通奶酪与火锅有什么联系。

我们饭后去看日内瓦大教堂——有着八百年左右历史的圣彼得大教堂（Gathédrale de St- Pierre）。教堂是老城区最具标志性的建筑，也是市区的最高点。只要看见那个哥特式教堂尖顶，沿着任何一条小巷向上行，就可以到达这里。圣彼得大教堂融合了多种建筑风格：整座建筑是罗马式风格，拱门是哥特式，正门则有希腊–罗马式的圆柱和类似罗马万神殿的穹顶。大教堂下面藏着欧洲最大的对公众开放的水下古迹，使我们了解大教堂是如何由一个简单的小礼拜堂演变成它现在规模的。此外，还有许多令人惊叹的奇迹，如建于公元4世纪的洗礼堂，以及建于公元5世纪反映不同时期不同社会阶层的精妙绝伦的镶嵌图画。

购一张5欧元的门票，即可登顶。到欧洲城市旅游，只要时间允许我是一定不会放过登顶教堂塔楼的机会。因为欧洲城市的大教堂一般都位于市中心位置，而教堂的塔楼顶基本就是城市的最高点，登顶可以360度俯瞰整座城市风貌。圣彼得大教堂的塔楼共157级塔阶，比起我们在科隆大教堂500多阶梯，简直就是小儿科，不算太费劲儿，我们几乎一口气就登上了顶。

　　站在大教堂北塔的塔顶，我们360度一睹日内瓦湖和日内瓦城的全貌——蔚蓝色的天空点缀着片片白云、勃朗峰上覆盖着皑皑白雪、阿尔卑斯山脉上布满了绿色的森林、蓝绿色的日内瓦湖水波光粼粼、成群的天鹅在湖面嬉戏、游艇和帆船划过水面、城区红褐色的建筑屋顶错落有致，这本身就是一幅多彩的风景油画！先生大发感慨：以前不理解为什么中国画是水墨画，而西方画是五彩斑斓的油画呢？原来都是写实。

　　十点多了，夜幕低垂，灯光闪烁，日内瓦大街小巷仍然人来人往、络绎不绝，我们住在市中心紧邻名品街的酒店，尽管夜已渐渐深了，我们仍然在街上转悠，舍不得回房休息。

一早起来，酒店早餐异常丰盛，就餐环境也是十分雅致，看来瑞士人民的工资高、生活水平高是不争的事实。

早餐毕，出门闲逛，先去老城区看日内瓦市政厅（Geneva Townhall /Hôtel de Ville Genèva）。老城区的建造史可以追溯到16世纪，瑞士是永久中立国，一战二战都免于战火的摧残，老城区保存尚好的古建筑比比皆是。市政厅紧邻窄窄的街道，虽然外面没有任何广场，也没有抢眼的转角立面，只有一扇低调的大门，但里面却有文艺复兴式的中庭与回廊，地面层有拱廊甚至还有两层进深。在这炎炎夏日里是最阴凉的休憩角落，走在里面仿佛进入了另一个世界，那里俨然是一个静谧的都市小绿洲。

位于日内瓦新广场的拉特美术馆（法语Musée Rath）是瑞士历史最为悠久的一所美术馆，1826年建成。其名称来自修建美术馆工程的主要赞助人西蒙·拉特将军。拉特美术馆被列入瑞士国家重要文化遗产名录，美术馆的建筑外观虽很有古希腊神庙的风格，然而里面却收藏着十分现代的艺术品。来这儿观展纯属误打误撞。我们在老城区闲逛，从市政厅出来一直上行，不知不觉来到一片高地，从这片葱绿的草坪居高临下可以俯瞰日内瓦湖。我们决定在草坪上沐浴阳光，在长椅上落座后环顾四周，无意间发现旁边是座美术馆，有人进出，我们走近一看这儿正在举行瑞士历史展和美术展。历史馆里有大量中世纪的武士盔甲、长矛、盾牌，当然还有近代使用的枪炮。美术馆油画很多，因为没有提前做功课，时间也不允许，只能看个大概，感觉有些遗憾。

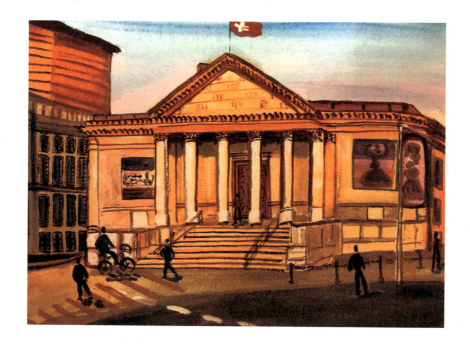

　　如果说我们与拉特美术馆是不期而遇，看日内瓦艺术与历史博物馆（d'Art et d'Histoire）就是我们今天的必选项目。艺术与历史博物馆坐落于日内瓦的市中心，建造于1903年至1910年间，分为上下四层，展览面积达7000平方米，为日内瓦最大的艺术博物馆，同时也收藏有大量的考古发现。该博物馆为瑞士唯一的百科全书式博物馆，馆藏分为三大部分——美术收藏、应用艺术收藏和考古收藏，每个部分各具特色，兼具审美和观赏价值。馆内的美术收藏有中世纪至20世纪的绘画作品，由意大利、荷兰、法国、英国、瑞士等国家的艺术家创作。应用艺术收藏包括拜占庭艺术、肖像画、银器、锡器、纺织品、乐器、中世纪至文艺复兴时期的武器等，件件都是精品，让人赞叹不已。馆内的考古收藏丰富多彩，主要讲述了欧洲的史前历史，其中最受关注的收藏当属埃及公元前9世纪的木乃伊。

日内瓦不仅有美丽的日内瓦湖，有名扬四海的大喷泉和大花钟，还是很多著名的国际组织的所在地。下午，我们去联合国欧洲总部——"万国宫"。其实原本我们是有争议的，先生说那儿是人家的办公机构，肯定进不去，不外乎"到此一游"，在外面拍几张照片，没有多大意思。后来上网查了一下相关信息，万国宫是可以购票进去参观的，我一下子就来了兴趣。

我们乘12路公交从日内瓦湖的花桥出发，七八站后就到了一个叫作"Nations"的车站，下车远远就看见偌大的广场中央矗立的那把很著名的断腿椅子。"日内瓦断椅"是一把高达12米，缺了一条腿的椅子雕塑，这把断椅的椅背足有两层楼那么高，椅面比一张乒乓球台还大。它是瑞士著名雕塑家丹尼尔·伯塞特1997年代表国际残联为纪念"地雷议定书"正式生效而创作的。丹尼尔说，每年全球约有2.6万人因触雷而伤亡，其中三分之一以上是儿童。在雷患重灾区非洲安哥拉埋设的地雷总数就达到了全国人口的总和，因此该国约有2万人因触雷而截肢。他说，椅子的断腿就象征着人类因地雷爆炸而失去的肢体。黑色的断腿椅子孤零零地立于偌大的广场中央，在蓝天的映衬下格外引人注目。来此游览的人们争相以断椅为背景拍照留念，但有多少人真正知道它的来历并理解它背后的故事呢？我不想以此椅为背景拍照，心里感觉沉甸甸的。

　　断腿椅子正对面就是迎风招展、五颜六色的万国彩旗，场面壮观，很是吸引眼球。不言而喻，这就是著名的万国宫（Palais des Nations）——联合国欧洲总部（又名"联合国日内瓦办事处"，United Nations Office at Geneva）所在地了！

　　万国宫由四座宏伟的建筑群组成，即中央的大会厅，北侧的图书馆、新楼，以及南侧的理事会厅。阿里安纳花园面积达2.5平方千米。万国宫共有50个门，大会厅共6层，有1800多个座位，理事会厅装饰富丽堂皇，四周墙壁和天花板上挂有西班牙艺术名家绘制的作品，画的主题是正义、力量、和平、法律和智慧。另有一幅浮雕壁画横贯整个天花板，画着宇宙中五个巨人的五只巨手紧紧握在一起，象征着世界五大洲人民的团结与合作。阿拉巴马厅是《日内瓦公约》和英国承认美国独立条约的签署地。现为日内瓦市接待外宾的场所。

　　万国宫主楼前的大广场绿草如茵。广场中央屹立着一台巨型青铜浑天仪，上面刻有代表12宫的雕刻，浑天仪旋转的角度和地球一致。主楼北侧的6层大楼是联合国图书馆，收藏图书71.6万余册和世界各国出版的期刊1万种。馆内还设有国际联盟展览馆，展出国际联盟的历史文献和图片实物。图书馆与1973年建成的万国宫新楼之间有空中走廊相连，新楼建筑面积达38万平方米。它的前楼是一座6层高的会议厅大楼。楼内有10个设有同声传译设备的会议厅，其中最大的一个会议厅被命名为"瑞士厅"，是对瑞士联邦政府在筹建这座大楼时提供赠款的纪念。

参观万国宫，游客必须在购票后由导游带领进入，可以参观人权大厅、中央大厅、大会厅、会议室，观看展示联合国日内瓦办事处各项活动和职能的影片，参观各国给联合国机构赠送的礼品。导游还为游客介绍目前联合国的活动以及万国宫的历史。特别说明，散客一定要注意，如果当天参观人数过多，游客中心可能会提前对散客关闭，而提前预约的团体则不受影响。

万国宫和国际红十字会博物馆（Musée Internationalde La Croix-Rouge）正对相望，两座建筑物之间的人行道是游客要提前预约留影的理想之地。所以，一般参观了万国宫的游客都会来看国际红十字会博物馆。博物馆主要介绍国际红十字会的历史和现在的活动情况，一共分为三个展厅：维护人类尊严、重建家庭纽带和减轻自然风险。三个展厅由三个背景不同的知名设计师设计完成，博物馆陈列的大量照片、录像和实物展示了国际红十字会在全世界开展的工作，在这里你可以看到世界上的战争与灾难带给人们的巨大痛苦。看到战争中人们留下的求助信息，或许只有几个字，都会触动人们脆弱的内心世界，使人产生一种无助甚至恐惧的感觉。

展馆内还有12个当代见证人贯穿"人生历程"主线，游人可以一边看屏幕一边聆听他们的证词（特别提醒：有中文语音讲解）。世界和平是红十字会的心愿，也是全人类每一个人的心愿，但是自从有历史记载以来人类几乎就从来没有停息过战争。此刻正在发生的俄乌战争虽然离德国有1514千米远，但物价的波动直接影响着德国每一个普通家庭的日常生活，我们深切感受到战争离我们很近很近。反对战争、祈祷和平，是此刻我心中最大的愿望。

第七章 | 一日两国两镇游

◎尼永（Nyon）　◎伊瓦尔（Yvoire）

今天一日游两国两小镇——瑞士尼永（又译为"尼翁"，Nyon）和法国伊瓦尔（Yvoire）。早晨从日内瓦乘火车去尼永，10来分钟的车程，转眼间我们到了美丽的瑞士古镇——尼永。

尼永是瑞士西部历史最为悠久的城镇之一，由古罗马人始建于公元前46年至公元前44年间。尼永的名称就来自罗马城市诺维奥杜努姆（Noviodunum）。建城之后经过长达数百年岁月的沉淀，尼永逐渐发展成为瑞士境内最重要的罗马城市之一，先后曾建有罗马广场、神殿、斗兽场等。这些保存下来的古罗马时代的遗迹充分说明尼永曾作为恺撒北征的重要根据地。当年不可一世的恺撒大帝（Gaius Julius Caesar）在征服了法国之后，决定建立Iulia Equestris殖民地，将诺维奥杜努姆作为中心城市，也就是现在的尼永城所在的位置。这一切在尼永罗马帝国博物馆里都有说明。

尼永位于日内瓦湖的西北区，人口不足两万的尼永境内居然有六处瑞士国家文化遗产，它们分别是尼永城堡、古罗马城市遗迹、瑞士圣母大教堂、莫佩尔杜伊街2号与4号领主居所、罗马帝国博物馆。特别值得一提的是这个只有两万人口的瑞士小镇还是欧足联的总部所在。就凭这一点，那些铁杆球迷都应该来此一游。可惜我不是球迷，甚至不喜欢足球比赛，每逢四年一度的欧洲杯赛季，即使我身在欧洲也几乎从不看足球比赛。十几个人围着一个小小的足球折腾来折腾去两个小时，对于我这种急性子来说太折磨人了。

每到一地，逛老城和看城堡是我的必选项目。出了火车站就是尼永老城，我们沿着老城街道向着日内瓦湖边走边看。老城的街道让人仿佛回到了中古世纪，街道狭窄，石头路面早被岁月磨得油光锃亮，街边小店一家挨着一家，从橱窗里别具一格的装饰看得出来店主是费了一番心思精心打造的，尤其那些店招，样式各异，在蓝天的衬托下，构成了一幅幅有趣的图画。

　　尼永以陶瓷器闻名欧洲，小镇还有一座陶瓷博物馆，当时没有去参观，现在想来还有一些后悔，在欧洲逛博物馆不仅是增长知识而且是开阔眼界的最佳方式，错过了尼永陶瓷博物馆，就错过了一次饱览欧洲陶瓷历史的机会。尼永陶瓷器的特点是陶瓷细腻，上面有精致的小花纹。想象一下，在家里餐桌上铺着瑞士的刺绣台布，放上尼永制造的陶瓷咖啡杯，是不是一股古代欧洲贵族的气息扑面而来？不过，这些物品都是极其昂贵的，尤其是陶瓷器皿，我们姑且在尼永老城旧街区的商店里一饱眼福吧。

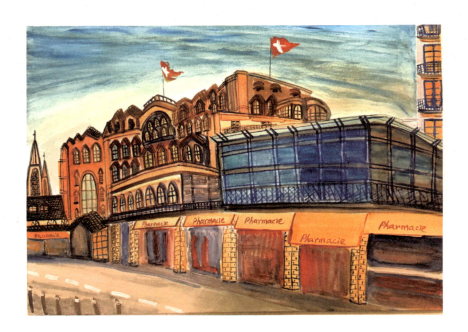

　　走过老城区，我们老远就看见巍然矗立的尼永城堡（Château de Nyon），它是瑞士著名的文物古迹之一，有关它的历史记载甚至可以追溯到1272年，1463年又被大规模重建，城堡外墙以白色为主色调。从老城看城堡蔚为壮观，从城堡顶上看尼永老城当然又是另一番风景！

　　城堡大门是关着的，我们俩不甘心就此离去，绕着城堡转了一圈，终于找到城堡的入口，没有人守门，不收门票。我们进了小院，沿着木梯旋转而上，一层一层上到顶，每层楼的屋子房门都是关着的，但是最高层有窗户可以从各个方向俯瞰老城，也能看到日内瓦湖。我们大喜过望，站在窗前举目远眺，从这儿看到的日内瓦湖比起刚才在城堡广场平台上看到的湖面视野开阔得多，场面也壮观得多。宽阔的湖面上游轮、游艇来来往往，一派生机勃勃的景象。

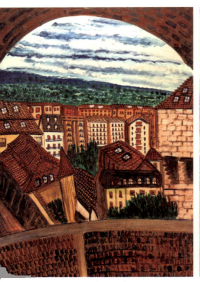

　　从城堡出来顺着石梯小径往湖畔下行，小路两旁都是高高低低错落有致的庭院别墅，绿色藤蔓缠绕的栅栏里是鲜花盛开的小院落，引起我们无限的向往和感慨，大约每个中国人都有一个别墅情结，在自己的小院里种花种草。过去，人们渴望"面朝大海，春暖花开"，现在向往"诗与远方"，大约就是我们眼前的这番景象吧。

　　到了湖畔，岸边餐馆林立，既然来了就不要放弃在此美餐一顿的机会，日内瓦湖鲜鱼配上这里著名的拉阔特葡萄酒，岂不美哉？尼永小镇四周环绕着葡萄园，从日内瓦附近的韦尔苏瓦（Versoix）出发经过尼永到达莫尔日（Morges），沿途的拉阔特（Lakote）湖滨葡萄园处处飘散着拉阔特葡萄酒以及地方特色菜的香味。我们选择了一家湖畔小店，落座用餐，鲜鱼配酒，果然美味。

湖畔码头上，到处飘扬着瑞士的国旗，红底白十字，与红十字会的旗帜恰恰相反（白底红十字）。湖岸到处鲜花盛开，红花绿叶与蓝色的天空、湖水交相辉映，美丽极了。码头售票处的时刻表上写着到伊瓦尔的轮渡大约30分钟一班，抬头看见远远驶来的一艘游轮，那正好就是我们要去法国伊瓦尔的游船。

从瑞士尼永登船，游船驶过蓝色的湖水，湖面上留下一道道白色的浪花。我们站立在甲板上任由湖风吹拂着脸庞，海鸥在船上盘旋飞舞，船尾瑞士国旗迎风招展。时间飞逝，20分钟后我们就到了法国的伊瓦尔（Yvoir），今天慕名而来就为一睹这个法国鲜花小镇的芳容。

伊瓦尔小镇位于法国东部，曾被誉为"法国最美村庄"，位列法国四朵花小镇之首，曾代表法国参加"世界最美小镇"的比赛。因为它与瑞士有着亲密联系，我想每一个来尼永的游人都不会放弃游览伊瓦尔的机会。这个有着600年历史的小镇确实有着和其他小镇不一样的风貌。也许是坐落在莱芒湖（又称

"日内瓦湖"）畔的缘故，伊瓦尔看起来像是一个与世无争的世外桃源，它那房前、屋后、窗台、门廊上挂满的鲜花吸引了世界各国慕名而来的游客。

　　伊瓦尔小镇绝对是一个你看了第一眼便会立即爱上的小镇。游轮一靠近湖岸，你立刻就融入了花的世界。码头上小镇名"Yvoir"是用鲜花拼出来的，游客下船后经过一段木桥，栅栏两旁挂满了五颜六色、姹紫嫣红的盆栽鲜花，游人立即置身于一片花的海洋。

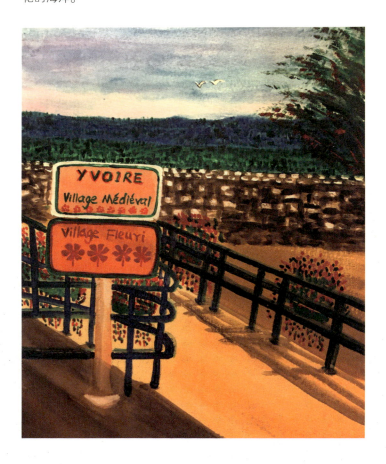

在码头，就可以看见临湖而筑的伊瓦尔公爵城堡，这算是伊瓦尔小镇最高大雄伟的建筑了。我们下了船，直奔这座美丽而略带神秘的城堡。绕着城堡边走边看，高高的城堡外墙虽斑驳陆离但修缮良好，有些墙面爬满了绿色藤蔓，城堡内花园绿树成荫、鲜花盛开。据介绍伊瓦尔城堡在中世纪时曾经是扼守莱芒湖的战略要塞，至今也还是公爵家族后人居住。难怪我们转了一圈，发现古堡大门紧闭，也未见任何对外开放的窗口。原来古堡从不对外开放，似乎主人要用这种方式保留它的神秘色彩，让它永远停留在那悠久的历史和斑驳的岁月中。

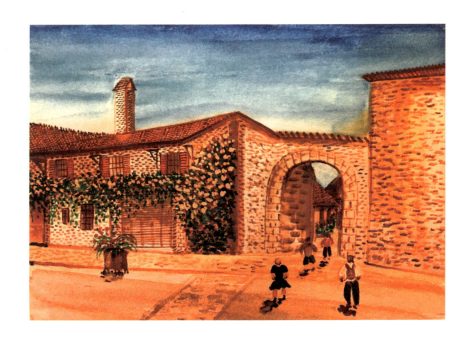

　　小镇依湖而建，沿着山坡散布开来。历史上伊瓦尔虽然是个小渔村，但曾是个战略上的军事要地。整个渔村被高大的城墙围着，进出渔村唯一的通道就是位于村西头和南端的两座石头城门，因此小镇内部至今不通行任何机动车，如果是自驾来的游客，只能将车停在古城门外面的停车场里。当然更多的游客是像我们这样从莱芒湖对岸的瑞士尼永乘船而来的。街上来往的游客都是边步行边欣赏美景。

　　伊瓦尔虽说地处法国，但由于位于莱芒湖畔紧邻瑞士的缘故，幸运地躲过了一战、二战的炮火硝烟。时至今日的伊瓦尔小镇几乎完整无缺地保存了六百多年前的风景，古朴美丽，处处透露着厚重的历史感。伊瓦尔小镇除了有石头铺设的小路和石头砌成的城堡，还有幽静美丽的小巷，走在小镇里，你会被石头盖起、木头搭起的房屋，鲜花围绕的窗户以及各式各样、五颜六色的店招所惊艳。小镇上保存完好的建筑大多是由石头建造的，因此这座著名的鲜花小镇也被称作"石头城"。

　　五颜六色的鲜花点缀在灰黄色的建筑上，金色的阳光洒在色彩斑斓的花儿上，令人不由自主驻足观赏。小镇家家户户的房屋门廊都粉刷了不一样的颜色，远远望去仿若一个个巨大的调色盘，怒放的花儿与它们交相辉映，美得让人窒息。鲜花的明艳和小镇古朴的风格混搭在一起，相得益彰，透出一股子阿尔卑斯式浪漫的历史感，加上碧水蓝天的衬托，俨然一幅色彩浓郁的油画。

小镇街道不多，一条主街，六七条辅街，每条街道都透着法式浪漫，每一个角落都精致如画，爬山虎肆意地点缀着墙壁。漫步在被岁月打磨得光亮的石板路上，我时而为偶遇的一扇古朴典雅的门窗欣喜不已，时而为房屋主人充满生活情趣的门廊设计而折服。你看，这家门上挂篮里鲜花盛开，清幽的花香扑面而来。那家门外辟出一个角落，小小的磨盘上放着盆栽鲜花，房檐下绿色的藤蔓植物像绿色的瀑布直垂而下。漫步在伊瓦尔小镇上，让人不禁染上了一丝淡然与优雅。

　　路上偶尔会飘来一阵香浓的咖啡味儿，零零星星的游人在街边坐着，喝一杯咖啡，聊一会儿天，享受这一花一世界的美好。此情此景一定会让那些不再年轻的人们点亮自己曾经年轻的心，心中涌起一份冲动——从此偏居小镇与花相伴，过着不羡鸳鸯不羡仙的生活。每日睡到自然醒，不为工作所累，做自己喜欢的事情。没有约束，一切都随心所欲、自在恬淡，刚刚好。

　　如果你想亲近一下莱芒湖，不妨沿着下坡的石子路走到湖边。一眼望不到尽头的湖面，就像那夏日里盛开的水仙，香气淡雅而绵长，让人回味无穷。湖畔已不见昔日的渔船，取而代之的是一艘艘停泊的游艇。白天鹅和羽毛鲜艳的鸭子在清澈见底的水里悠然自得地游弋，它们和悠闲自在的游人共同享受休闲的夏日时光。如果你也想像它们一样，就找个湖边的礁石坐下，把脚浸在湖水里，一面吹着微风，一面欣赏远处隐约可见的连绵雪山，实在美哉。

　　像尼永、伊瓦尔这样颇具小资情调的小镇几乎是一个接一个排列在美丽恬静的莱芒湖畔，著名演员奥黛丽·赫本最后居住了30年的"和平之邸"就在尼永附近的托洛肯纳兹。它是奥黛丽·赫本1965年时购买的18世纪农庄，一栋相当朴素的房子，附带一个果园，还有蔬菜花圃，四周围绕着碧绿的草地。奥黛丽·赫本在这所房子里种花、遛狗，到镇上买东西。如果你是赫本的粉丝，可以去小镇走走看看，寻觅昔日偶像的生活轨迹。

　　一日跨越两国游了两镇，轻松惬意，思绪飞扬，意犹未尽……

第八章｜洛桑一瞥

◎洛桑（Lausanne）

今日我们离开日内瓦去洛桑（Lausanne）。

从日内瓦乘火车到洛桑，每小时就有两三趟列车，总火车站位于市中心，从我们酒店走过去几分钟路程，购票上车一气呵成。

车程半个多小时，车窗外美景一个接一个让人目不暇接，一会儿工夫火车就驶进了洛桑总火车站。这里特别提醒一下国内朋友，欧洲各国稍大一点的城市一般都有几个火车站，无论乘火车出行还是到火车站接人，一定要弄清楚是哪个火车站。我的成都朋友刘妹妹和王妹妹有一次去荷兰鹿特丹参加学生的博士论文答辩会，原本应该在总火车站下车，却提前下了一个站，结果等了一个小时才搭乘到下一班火车，赶到会场时答辩会已经接近尾声。我们有一次给一个国内来法兰克福的小朋友送行，想当然认为就是总火车站，结果到了才发现是在火车南站，好在我们提前了一些时间，但是也非常赶，女儿开车，车一到达我和小朋友就提着行李飞奔进站，如果等停好车再进站肯定是错过了。

洛桑虽是个小城，人口不过十万，但却是大名鼎鼎的"奥林匹克首都"。其实洛桑除了是国际奥林匹克委员会（NOC，简称"国际奥委会"）的所在地外，还有一大堆耳熟能详的国际体育组织机构：国际航空联合会（FAI）、国际体育仲裁院（CAS）、国际大学运动总会（FISU）、国际排球联合会

（FIVB）、世界棒垒球联盟（WBSC）、国际曲棍球联合会（FIH）、国际乒乓球联合会（ITTF）、国际马术总会（FEI），国际划船联盟（FISA）、国际击剑总会（FIE），国际射箭总会（FITA）、国际游泳联合会（FINA）、国际滑冰联盟（ISU）、国际铁人三项联盟（ITU）、国际武术联合会（IWUF），等等。

　　一到洛桑，第一印象就是整个洛桑城市道路高低起伏到处都是坡，城市依山势而建，房屋层层叠叠。洛桑虽然是一座山城，但路面交通已经非常发达。由于地势落差很大，高低落差可以达到400米，为了弥补地上交通的不足，这里建了全瑞士唯一的两条地铁线路，其中M1线是地下轻轨，M2线是全自动无人驾驶地铁。M2线虽全程只有6千米，却连接了洛桑东部中心地带和日内瓦湖沿岸地区，非常重要。洛桑的地铁既可爬山亦可入地，在山城中穿梭自如。洛桑著名的双层桥，上层走人，下层地铁疾驰而过，如此这般的画面在瑞士独一无二。

我们的第一站自然是奥林匹克博物馆（Olympic Museum/Musée Olympique）。我们搭乘洛桑地铁M1线，在终点站下车，沿着奥林匹克博物馆的指路牌一路走过去。博物馆位于乌契区的日内瓦湖畔，坐落在洛桑奥林匹克公园内，毗邻国际奥委会总部。

奥林匹克公园依山而建，占地宽广，大片大片的绿色草坪上簇簇鲜花点缀其中，草坪上有一组组骑自行车、跑步、摔跤、掷铁饼等不同运动造型的雕塑，还有千姿百态的人体雕塑，每一件都是一个艺术品，引人驻足观赏。博物馆广场前有奥林匹克之火，终年燃烧，象征奥运精神永不熄灭。广场的喷泉水流喷涌而下，仿佛从地底下源源不绝地冒出。

站在奥林匹克公园高处举目远眺，整个日内瓦湖的景色近在咫尺，云、湖、山在天边融为一体，冠以"人间天堂"也毫不为过，而湖的对面则是法国的边陲小镇了。水面波光粼粼，成群结队的水鸟在蓝天白云下展翅高飞，宽阔的湖面上小船、划艇灿若繁星，一艘艘游轮载着远方的客人向着码头驶来……

奥林匹克博物馆是一座白色建筑，线条简洁明快。正面由两层白色大理石贴面的护墙组成，正前方，竖立着两排共八根大理石圆柱，它们来自希腊的萨索斯岛，是希腊政府赠送的，据说是世界上最白且纹理最少的大理石。这一片纯白，象征着"和平"和"公平竞赛"的体育精神。八根圆柱中有两根分别镌刻着历届奥运会及冬奥会的举办年份及主办城市的名字，有一根刻着国际奥委会历任主席的名字，意义重大，弥足珍贵。

走进博物馆，这里存放着数以万计的珍贵文献资料，其中有各届奥运会比赛纪录片，展示了奥林匹克运动的历史沿革。除此之外，还有各国奥运会的吉祥物、奖牌、传递的圣火火炬实物展示，等等。我看很多游客都像我们一样热衷于寻找自己国家的奥运吉祥物、奖牌以及圣火火炬等实物。当我们看到了曾经那么熟悉的福娃、北京奥运火炬时，自然兴奋不已，赶紧拍照留念。博物馆还展出了大量珍贵的照片并提供随身携带的语音讲解器，有包括中文等各种语言的解说，在观看展览的同时可以借助语音的说明，更加了解这些展览品许多有趣的历史故事。

参观完奥林匹克博物馆，我们意犹未尽地来到湖边。湖畔餐馆吃饭后，我们沿着日内瓦湖边延绵的护堤悠闲漫步。这里的风光十分迷人，湖岸一群群天鹅在欢乐地嬉戏，野鸭、水鸟自由自在游弋，这些小生灵们不仅不惧怕游人，而且大大方方地在人前来往穿梭。有家长专程带着孩子拿着面包来湖边喂它们，孩子们欢乐的叫声和水鸟的叽叽喳喳声交织在一起，引来游人驻足观赏。前方，湖面上一艘快艇在飞驰，泛起了一排排浪花，一个运动员正在练习水上滑板，动作轻盈优雅，仿佛踩在云端飞翔。

我们朝洛桑老城逛去，准备观看著名的圣母大教堂（Cathedrale Notre-Dame）。洛桑是个建筑在山坡上的城市，铁路将市区横向一分为二，北侧斜坡向上是热闹的老城区，南侧下去则直通美丽的日内瓦湖。城中大部分地方步行可达。洛桑城市的历史可以追溯到罗马帝国时代，那时已有人在此聚居，到公元4世纪城市开始兴建，1386年发展成为自由市，1803年起成为瑞士沃州的首府。位于山丘上的老城区是洛桑古老历史的象征，这里保存着许多罗马时代的遗址及中古时期的建筑。相比较日内瓦湖畔的奥林匹克公园与奥林匹克博物馆一带的建筑，老城又是另外一种风情，散发着一种古老的历史韵味。许多历史古迹及店铺都环绕着圣母大教堂而延展开来，奢侈品牌和特色工艺小店林立其间，好似一个完美的购物天堂。

漫步在洛桑老城，随处可见古老的中古时期建筑，人们既可深深感受到源自瑞士这片土地与生俱来特有的和谐与宁静，也可体会到来自邻国法兰西民族的优雅和浪漫。自古以来，许多欧洲文豪都到这里寻觅过创作的灵感，拜伦、卢梭、雨果和狄更斯等都先后在这里居住过，洛桑城里到处留有他们的足迹。

我们穿大街走小巷，远远看见对面高处矗立的教堂尖顶，那一定就是我们要寻找的圣母大教堂。大教堂位于老城中心，既是洛桑中古世纪建筑的典范，也是洛桑城市形象的象征。洛桑圣母大教堂建于1175年，1232年完成，1275年时被罗马教皇格雷戈里十世（Pope Gregory X）视为神圣之地。洛桑圣母大教堂是瑞士规模最大的教堂，瑞士最美的早期哥特式建筑，故被誉为"瑞士最美教堂"。

大教堂正门上是13世纪的雕刻，有《圣经》中记载的一些圣徒的雕像，颜色虽已有些斑驳，但昔日精美的做工仍令人赞叹。大教堂的玫瑰窗是13世纪建造时以《圣经》故事构成的彩绘玻璃，至今仍然保存完好，不由得使人叹服！

雄伟瑰丽的圣母大教堂，无论是教堂建筑还是内部装饰无一不是人类文明创造的精品，无一不给我们留下了深刻的印象。静静地坐在教堂大厅的座椅上，与上帝来一次心灵的对话，使人们对人生又有了新的理解。

大教堂的钟楼庄严肃穆，坚守着世界上唯一的"守夜报时"的古老习俗，即由专人来守夜，敲钟报时，从每天晚上的10点至凌晨2点，每个整点时，守更者会站在四方形的钟塔上，以法语向四方报时。那个半夜出来报时的人，被人们戏称为"钟楼怪人"。这种传统已经延续了700年，不能不说是个奇迹。每当夜里传来钟塔上清晰的报时声，会让人仿佛置身于古老的中世纪，让人体会到这里的人们对于传统文化的执着坚守。

顺着精致的石阶走上232级台阶的钟楼楼顶，登上教堂五座尖塔中最高的主塔（塔高75米），整个日内瓦湖及阿尔卑斯山就可尽收眼底，何等壮观。此刻你就会明白勃艮第最后一位国王鲁道夫三世为何选择此处为他的皇冠加冕地，如此美景谁不会为之倾倒呢？！

　　大教堂前面有一宽阔的平台，被当地人称为"教堂广场"，站在平台上举目远眺，错落有致的房屋与远处的日内瓦湖连成一片，构成了一幅幅美丽的画卷。大教堂建于城市的中心，同时又是城市的制高点，这充分反映了古洛桑人对宗教信仰的追求——精神永远是第一位的。

　　天色渐渐暗下来，人群聚在广场上等候洛桑一大景观——教堂看日落。我们正好赶上这美好的时刻，落日渐渐垂下山头，绚烂的余晖洒在层层叠叠的房屋顶上，洒在远方茫茫的日内瓦湖上，整个城市都笼罩在一片金色和玫瑰色中。我们真的很幸运，在瑞士最美丽的圣母大教堂观看了一场壮美无比的日落景观。

第九章 | 圆梦之旅——蒙特勒

◎蒙特勒（Montreux）

　　昨晚我们入住洛桑湖畔酒店，今晨一早来到日内瓦湖畔看日出晨曦，又是一番与在圣母大教堂看日落不一样的风景。天蒙蒙亮，湖面升腾起一层薄薄的雾气，湖对岸山那边，天空一点点被染红，红晕慢慢向四周扩散，染红了湖水，一只天鹅在被朝霞映红的金色湖面上自在闲适地游弋，仿佛是在用生命诠释"优雅"二字，太美啦！金色的太阳瞬间从湖对岸的山后升腾起来，把万道金光洒在湖面上……

早餐毕，我们搭乘火车从洛桑到蒙特勒（Montreux）。蒙特勒是瑞士联邦沃州的小镇，位于日内瓦湖东岸。蒙特勒是一个田园诗般的小城镇，被称为"瑞士的里维埃拉"，以气候舒适的度假胜地而闻名于世。蒙特勒是著名的羊胎素美容圣地，其"活细胞注射疗法"吸引了全世界无数名流来此。蒙特勒还是国际体育仲裁法庭所在地，本地居民或游客也会有缘看到一些世界体育明星来此出庭。我远道而来，一不为羊胎素美容二不为看明星打官司，就是来实现自己的一个梦想：看大诗人拜伦名篇《西庸的囚徒》被囚禁过的地方——西庸城堡（Chillon Castle）。

从洛桑到蒙特勒的火车车程大约半个小时，很多路段就在日内瓦湖畔行驶，湖上风光旖旎，我们几次都有下车的冲动。记得那年7月在法国南部，我们搭乘火车从昂蒂布去尼斯、戛纳，途中看见火车沿线的海滨浴场、度假村风景无限美丽，就下车游玩，玩够了再次上车继续前行。当年时间充裕我们就这样边玩边行，每天都有意想不到的惊喜。但是，我们今天必须返回日内瓦，明日一早要出发去法国的安纳西，故不敢造次下车闲逛。

　　一进入蒙特勒小镇，感觉空气中弥漫着一种浑然天成的浪漫气息。蒙特勒为著名的黄金列车的起点，自1967年以来，每年一到盛夏7月蒙特勒爵士音乐节就会吸引世界各地的爵士音乐迷来此盛会，这个湖滨小镇每一个角落都充满了快乐的音乐元素，空气中弥漫着浪漫的爵士风情。

　　出了蒙特勒火车站，穿过市区，周末上午商店关门闭户，整个市区静悄悄的，人们仿佛尚在睡梦之中。蒙特勒城市坐落在烟波浩渺的日内瓦湖畔，沿街建筑风格古香古色，房顶墙壁五彩斑斓。湖光山色之间，散布着塔顶高耸的教堂和星星点点的民宅，四周山坡上，漫山遍野都种植着用来酿造香醇美酒的葡萄，如果有时间有兴致，你大可以悠闲地参观葡萄园，在民间作坊品尝当地的葡萄酒。

我们沿着湖畔漫步，雕塑、花园、浅滩、小码头、私人游艇和豪华住宅处处都是景。我脑子里浮现着海明威、卓别林、芭芭拉·亨德瑞克等名人曾在这个温馨抒情的湖畔小城居住过的情形，心中自然涌起了一丝丝"追星"的浪漫情怀。湖中美丽的天鹅悠闲地游来游去，摆弄着它们优雅的身姿。远处的阿尔卑斯山，在太阳的照射下，慢慢露出它婀娜的身段。没有来去匆匆的游客，此刻周围的一切美景仿佛都属于你一个人的。尽情享受吧！

　　我们沿着湖畔来到游船码头，在这里搭乘游轮去西庸城堡。好像来这里的游客都奔着同一个目的地，大家在码头排队购票，然后上船，驶往远方。西庸城堡是蒙特勒的一张名片，英国诗人拜伦〔George Gordon Byron，1788—1824〕的名篇《西庸的囚徒》让它名扬天下。多年前读到拜伦的长篇十四行诗——《西庸的囚徒》就知道"西庸城堡"的存在，那是一个既令人恐怖也令人有无限遐想的地方。这次日内瓦之行终于圆我一梦，在西庸城堡里走走看看，感受那段不堪的历史……

西庸城堡是一座建于13世纪的水上城堡，位于韦托镇（Weituo Town）。城堡背靠阿尔卑斯山脉，主体建筑矗立于日内瓦湖水中，由一座廊桥与岸边相连。由于西庸城堡主体建筑建立在水中突出的岩石上，四周被湖水环绕，远观给人以漂浮在水面上的感觉，故被称为"建筑史上的一颗奇异的珍珠"。西庸城堡是瑞士最负盛名的古迹之一，在民间素有"欧洲十大城堡"之称。

而这座充满浪漫风情的城堡，却是一个囚牢，而且是一个关押重刑犯的死囚牢房。拥有1000年以上悠久历史的西庸城堡可以说是瑞士历史的一段缩影。日内瓦众多的艺术家及大文豪都被其独特的魅力所吸引，从卢梭到拜伦再到雨果，等等，他们在游历城堡后，无不为其所倾倒，写下了众多闻名于世的不朽作品。拜伦的长篇叙事诗《西庸的囚徒》就是根据这里关押的囚犯——弗朗索瓦·博尼瓦尔（Françoise Bonivard，1493—1570，日内瓦独立主义者，1530年至1536年间被关押于此）的真实故事写成的。

走进城堡，来到一个不大的庭院，前边是一栋两层小楼，后边就是坚固的城堡，巨石垒墙，鹅卵石铺地，隔开了两个世界。城堡内最著名的便是博尼瓦尔监狱，监狱位于城堡底部，内部全部用岩石砌成，阴暗的监狱内有数根石柱，石柱底部有铁环用来锁扣犯人，监狱里先后共关押有200多名囚犯。

我们下到城堡底部的地牢，在狭窄的石梯过道里走动，仿若穿梭在时空的隧道中，每一个角落都饱含历史沧桑的韵味。这儿是当年捆缚囚徒的石柱，那儿是一块刻着拜伦字样的铜牌（为了纪念拜伦《西庸的囚徒》而设置的）。地牢里锈迹斑斑的铁环、铁链，千百年来诉说着它们见证过的血腥与绝望。难以想象16世纪为独立自由而奋斗的英雄佛朗索瓦·博尼瓦尔曾身系铁链，在这个暗无天日的地牢里被囚禁了长达六年之久。

一对六七岁白皮肤、黄头发的兄妹站在地牢的铁窗前，好奇地看着铁栅栏外蓝色的天空和蓝色的湖水，看着他们稚气的脸庞，我心里在想，他们一定觉得这儿挺好玩的，外面景色很好看，压根儿不知道这儿曾经发生的残酷迫害和可怕杀戮，更体会不到"我们的黑洞就在湖水

下，日夜都能听到水波的拍打，它在我们的头上哗哗作响；在冬天，我曾感到水的浪花，打进铁栅栏，那咆哮的风正在快乐的天空中纵情奔腾；那时连石墙都在晃动，我虽感震撼也毫不慌张，因为面对死亡我又有何所愁，死亡会让我重获自由"。（节选自拜伦长诗《西庸的囚徒》）

参观完地牢，再去看城堡里楼上楼下40余个房间、庭院和地下通道，游客如同驻守城堡的士兵，也像考古学家，近距离感受这座城堡的每一个角落，体验它的非同凡响！楼上是城堡主人居住的地方，虽然是贵族，但内部房间装饰略显古朴。有的房间里展示着当年使用过的物品，各种器皿、银剑、头盔和大刀等；有的房间应该是曾经主人的卧房，里面有木床和美丽的壁画。古堡中有一个小小的礼拜堂，游人可以观看幻灯片，重温昔日辉煌的壁画，透过壁画可以了解当时贵族的生活，这与冷酷无情、野蛮悲惨的地牢囚徒生活形成了鲜明的对比。

文献记载西庸城堡最初建于1150年，后通过12世纪中叶到13世纪之间的扩张、修建，奠定了现在城堡的基础。13世纪至14世纪时，作为萨瓦公爵的夏季居住地而繁荣起来，这一时期可以说是城堡的黄金时期，经过历代的更迭，一直到1798年沃州人革命中，这座城堡才正式成为公有财产，走入了寻常百姓的生活中，也才有了我们今天所看到的西庸城堡。

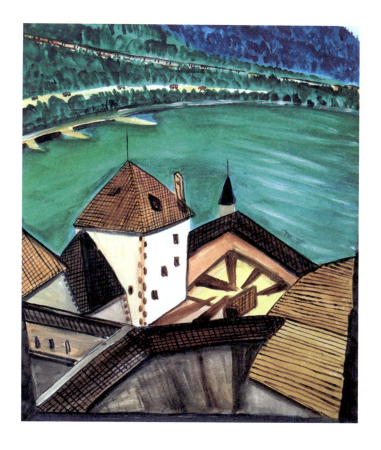

可是如今，无论地牢里的气氛多么压抑，都挡不住人们对日内瓦湖的热爱。站在城堡塔顶俯瞰广袤无垠的日内瓦湖，下午的阳光如金子般洒在湖面上，白天鹅在水岸旁游弋，准备爬上那开满鲜花、绿树成荫的林荫道，远处是白皑皑的雪山，近处山顶上是瑞士顶级酒店管理学院，这是个让人看一眼就着迷的地方，一个还没离开就开始想念的天高云淡之处。

看完城堡，来到湖畔，我们什么都不做，静静地在水边吹风，任思绪飘散，用最自然的状态陪伴湖上的风变凉、太阳慢慢下山，湖水抹上一缕缕金色的光芒……

今天从蒙特勒返回日内瓦，明日一早我们从日内瓦总汽车站乘车去法国安纳西（又译作阿纳西、安娜西，Annecy），那里曾经是瑞士的属地。在安纳西住两晚，然后再返回日内瓦，从日内瓦飞回法兰克福，结束我们本次的瑞士浪漫之旅。

每一次来瑞士都由衷地感慨它的美丽、它的独一无二！瑞士，我们一定会一而再再而三地来看你。从第一次跑马观花，到第二次、第三次走马看花。下次再来，我就要"下马赏花"了。

第十章 | 秋游伯尔尼高地（一）

◎伯尔尼（Bern）

　　2021年金秋十月，心仪已久的瑞士伯尔尼高地（Bernese Oberland / Berner Oberland）之旅就要成行了，这两天我心中既充满期待也有一点忐忑。这十来年若干次自由行几乎都是我带队纵横欧洲各国各地，比如2013年我领着老小三辈五人一行（同事们、侄女和侄孙儿）开始了一场说走就走的北欧三国游；2015年我又带着五个"白骨精"环冰岛自驾，经受了冰与火的考验。每次出行前心中都充满着期待，好像从来没有胆怯，甚至没有犹豫过。这次瑞士行比起这些经历算是十分轻松惬意的休闲游，何况迄今为止我已经是第五次踏足瑞士这块土地了。不安的情绪来自一个重要的原因，就是疫情还在欧洲蔓延。这两年每次出游，心中多少有些紧张，是否会在旅途中染疫，也是一个未知数。

8月初出游汉堡、吕贝克、什末林，返回法兰克福后，趁着夏日天气尚好，我就着手准备9月来个瑞士游，先生却极力阻止，说汉堡行就是冒着感染新冠病毒的危险陪我玩，近期德国疫情又在反弹，确诊人数噌噌往上涨，瑞士更是有过之而无不及。上星期，女儿、女婿去意大利玩了一周，我憋不住坚持要出行，先生看拦不住，只好勉强同意。我三下五除二把酒店、火车票快速搞定了，免得夜长梦多。今天才终于开启了我的瑞士休闲游。

　　一早出门就不顺利。我们将在法兰克福火车总站搭乘8点的列车ECE151去伯尔尼，大约7点半我们乘坐的17路有轨电车来了，顺利上车。遇见一熟人，见我们拉着行李箱，她问："去火车总站？"她接着说："电车改道了，不经过火车总站。去火车总站在会展站下车，改乘地铁U4。"我一听，头都大了！好在，我们计划出行时间总是稍有提前，不至于出现意外状况误了火车。再则，会展站转乘U4，这条线路我们也熟。不过，遇到突发情况心里还是有些不安。我们比原定时间晚了十来分钟到达火车总站，离发车时间只有几分钟，上车后很快列车就启动了。算是有惊无险，顺利出行！

　　我们的列车驶出了德国进入瑞士，经过巴塞尔，在奥尔滕中转去伯尔尼。奥尔滕小镇（Olten）坐落在汝拉山脚下阿勒河（Aare）河畔。奥尔腾毗邻索洛图恩（Solothurn）和阿劳（Aarau），位于瑞士的中部，占据得天独厚的地理位置，所以奥尔滕是许多重要会议的召开地点，也是瑞士铁路重要的交通枢纽，南来北往的列车大多在此转换。汝拉（Jura）高地保留了最原始的自然风貌，为这片地区平添了几许悠然闲适的魅力。从行进的车窗望出去，沿途溪流潺潺，山坡彩林片片，在嫩绿的山坡草地上牛群悠闲地吃着草，我们一路兴奋，拍了很多照片和视频。

中午12：21，我们到达列车的终点站，即我们此次出游的第一个目的地——伯尔尼（Bern）。伯尔尼始建于1191年，迄今已有800多年的历史，1848年成为瑞士联邦的所在地（等同于首都，但并非瑞士宪法上的首都）。伯尔尼位于瑞士西部高原中央山地，坐落在莱茵河支流阿勒河一个天然弯曲处，湍急的河水从三面环绕伯尔尼老城而过，将其包裹成了一个半岛。老城（伯尔尼古城）至今仍完整地保留着中世纪的建筑风貌，1983年被联合国教科文组织列入《世界遗产名录》。

今日一早出门不顺，遇到电车改道，算是第一个意外状况。不承想到了伯尔尼火车站很快遇到了第二个状况。我们使用的德国手机临行前一天女儿才充值25欧，女儿告诉我们在瑞士期间上网不限时，但尽量少打电话。结果是，到了伯尔尼火车站，刚给女儿报了平安到达，准备在Google Maps地图上搜索酒店地址，就发现断网了，给女儿打电话又打不通。（后来女儿问了德国电信公司被告知，瑞士不属于欧盟，所以，我们的德国电话到了瑞士就按国际漫游标准收费，瞬间25欧就用完了。真是倒霉！）怎么办？情急之中想到一个主意，是否可以在当地电信买卡？突然发现我们站立的地方就是瑞士电信（Swisscom）

的大门外，进去一问，所有问题迎刃而解，上网每天2瑞郎，不定时随便用，打电话每分钟0.19瑞郎，每人办了张7天卡，不到20瑞郎，一切搞定。

　　火车站到酒店直线距离几百米，Google Maps显示步行5分钟。我们快速
办理了入住手续，放下行李箱随即开始老城观光之旅。走到火车站短短几百米
路程，我们就发现一个怪现象：伯尔尼人，无论是当地居民还是游客都不遵守
交通规则，在大街十字路口和有轨电车铁轨上，哪怕是电车已经迎面而来，人
们仍然若无其事地穿行，在铁轨上行走的甚至有年迈的老人。开始我们有些诧
异，怎么可以这样呢？！多么危险哪！多走几步，看见大家都不慌不忙地走，
有轨电车也慢悠悠地开，就见怪不怪了。先生总结道：伯尔尼一大怪，行人悠

闲走，电车慢慢行，人车不分道，相安均无事。

　　游伯尔尼最好的方式就是漫步伯尔尼老城，圆石铺就的街道、街道两旁彼此相连的拱廊、红瓦白墙的古老房屋、各有典故的街心彩柱喷泉、16世纪的钟塔以及始建于1421年的哥特式大教堂等使伯尔尼老城显得古香古色，充满中世纪的神秘色彩。在火车站附近还有许多历史文化价值很高的景点。比如伯尔尼火车站的地下通道里，陈列着600年前伯尔尼防御工事的遗址，行人进出站口就可随意观赏。火车站斜对面的基督教教堂，建于1720年，据说它是全瑞士最重要的巴洛克风格的宗教建筑。

　　伯尔尼老城闻名世界的拱廊总共长度有七八千米，从火车站前的医院街到克莱姆街的古老钟楼这一段最为经典。沿街两侧的楼房底层门前是步行便道，便道的顶部向外延伸形成了走廊。走廊临街的一面有拱柱支撑，两柱之间好似宽大的拱门，廊道相连，拱门相接，形成拱廊。这种建筑风格造型独特，是中世纪的文化特征。老城的拱廊里面集聚着大商场、时装店、珠宝店、古董店、钟表店、工艺品店、甜食店、巧克力店、咖啡店和饭店，等等。我们兴致勃勃地走在拱廊下，一边欣赏店铺装饰一边评说瑞士的物价。都说瑞士物价很高，其实不然，我们发现橱窗里的物品与德国相比也贵不了多少。

　　沿拱廊向东走到市场街，这里有一座300年前建造的狱塔。当年的狱塔是瞭望台，如今成了伯尔尼旅游咨询中心的所在地。狱塔前的巴伦广场上有露天餐座和棋坛茶座。大棋盘就画在地上，棋手提着特大棋子，来回走动对弈，这成为伯尔尼街头的一大风景，如果游人有兴趣也可以找人对弈一局。这种情形我在瑞士许多城市见到过，德国也多次看见。大约是因为瑞士、德国同属于

德语区，历史上曾经属于一个民族，故习俗大致相同。

伯尔尼市政厅前面的广场是保存最好的中世纪广场。市政厅外精美的阶梯是15世纪修建的。在它前面是旗手泉，上面有一只想出风头的小熊。伯尔尼有"熊都"之称，在这儿游玩，熊的可爱形象无处不在。街道上许多建筑物上都有熊的图案。在巧克力糖上、大蛋糕上，甚至在男人的皮带、女人的发卡、儿童的衣扣以及其他许多日用商品上，都有熊的各种图案。每逢节日，各种建筑物的门前楼上，无不为熊挂起饰有各种艺术造型的大幅彩旗，这俨然伯尔尼城的一大景观。

伯尔尼老城就是中世纪欧洲的再现，每走几步就有几百年历史的古迹。建于12世纪的钟楼，其内部和面向城市的一面都是木结构的。1405年一场大火曾将其烧毁，后又用石头、木材重建。钟楼楼台下有四幅已染上烟灰色的古画，绘着贵族狩猎黑熊和修建城市的场景。

建于14世纪的伯尔尼大教堂（Berner Münster）是一座有着三个狭长通道的基督教堂。这座哥特式大教堂的尖塔直插云天，教堂是伯尔尼全市最高的建筑物。无论在老城还是在对岸的新城都可以远远地看见它。教堂高100米，登上344个台阶极目远眺可将伯尔尼古城尽收眼底。教堂大门上的青铜浮雕创作于15世纪，名为"最后的审判"，表现的是有罪的人被投入地狱永世接受惩罚的情景。教堂内部彩绘玻璃窗上的装饰画作于1561年，以更生动的形象表现了同样的主题——"死亡之舞"。

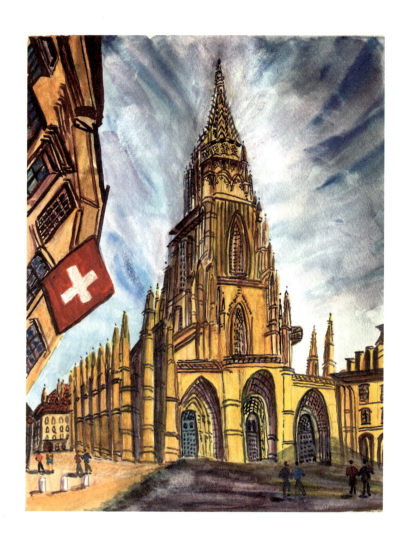

　　位于教堂广场（Münsterplatz）的摩西雕塑喷泉（Mosesbrunnen）是一座被列入联合国教科文组织《世界遗产名录》的建筑。摩西是《圣经》中手握十条诫命的先知，手中拿着十诫石板的摩西雕塑塑造了摩西栩栩如生的形象。大教堂广场周围都是中古时期瑞士权贵们的豪宅，这里的每一幢建筑都有数百年的历史，每一幢建筑都有一段可以流传的故事。

　　同大教堂相对的联邦议会大厦，是建于1857年带有文艺复兴时代风格的建筑，那绿色圆顶高高突出在市区一片红瓦房顶之上，十分醒目。最使我们感兴趣的是联邦议会大厦背面硕大的观景台，观景台下方是穿城而过的莱茵河支流阿勒河。全长近乎300千米的阿勒河，是瑞士境内最长的河流。它发端于瑞士中南部伯尔尼兹阿尔卑斯山脉（Bernese Alps）中的阿勒河冰川。

在联邦议会大厦观景台上，远远可见阿尔卑斯山脉连绵起伏的雪山峰。只见一位精神矍铄的老人站立在观景台栏杆旁，手里拿着一幅图，正在对着远处的雪山峰指指点点，身旁是一位妙龄少女，听见老人兴奋地说："这是少女峰（Jungfrau），这是艾格峰（Eiger），这是僧侣峰（Mönch）……"听到"少女峰"我们立即兴奋起来，一个拿手机一个举单反使劲儿拍照，后来回到酒店，取出瑞士旅游图册，对比照片一眼就认出了少女峰、艾格峰、僧侣峰，我们像小孩子一样兴奋不已。

　　此观景台也是伯尔尼市民和游客的一个休闲娱乐之地，几把铁椅被随意散放在观景台上，供人们任意取用。今日虽不是周末，但这里仍然人来人往，聊天的、观景的络绎不绝。观景台中央地面上也有一个巨大的国际象棋棋盘，正在对弈的人们和周边嬉戏玩耍的孩子汇成了一片欢乐的海洋。瑞士人们真是好福气，好山、好水、好风景全让他们占齐了。

　　继续漫游老城，城中250多处喷泉形成了老城不可或缺的风景。在过去没有自来水的年代，喷泉是当地居民日常生活的重要依赖。这些喷泉喷出的水至今依然可以直接饮用，游客、行人无论走到哪里，都可以喝上一口清凉爽口的泉水，感受一下伯尔尼老城的历史和风采。老城街道有许多街心泉，所以伯尔尼也被称为"泉城"。严先生开玩笑地说：在瑞士随便一个有水的地方，喷出的水都可以称为"依云矿泉水"，不用付钱随便饮用。经他这么一说，我是一定要尝一下喷泉水的，果然有点甜。

伯尔尼老城哥特式的建筑错落有致，房屋街道上下排列，建筑群中片片绿荫，整个城市宛如一座立体花园。我们沿着老城中轴线一直往前走，然后又回到花园咖啡厅，在露天桌选了一个座位，点了一份瑞士雪糕，慢慢品尝一下伯尔尼老城的味道，远眺对面层层叠叠的彩林和高耸于彩林之上的雪山，少女峰、艾格峰、僧侣峰，还有许许多多叫不出名来的雪峰，心情格外激动，过两天我们就将登顶少女峰、马特洪峰，现在都有些迫不及待了。

傍晚时分，深蓝色的天幕下，我们再度出发观看伯尔尼老城夜景。如果你想深度认识一个地方，必须看它的夜晚和清晨，这是我的旅游观。当我们再度来到市集广场，远远就听见联邦大厦传来洪亮的歌声，只见联邦大厦整幢大楼霓虹灯闪烁。走近了一看，围着联邦宫广场拉了一圈交通管制绳索，有警察执勤，广场中央人们正在观看演出。我们来晚了，进不去广场，四周有利位置也被先到者占据，只好努力踮脚翘首看演出，随着演唱者声音时而高亢时而舒缓，灯光秀呈现出变幻莫测的舞台效果，既梦幻又壮观。

今晚的另一重点就是去钟楼看敲钟，据介绍看钟楼敲钟是游伯尔尼老城的一大亮点。正点敲钟时，听说硕大的钟盘下面会有一个浑身披金的小机器人开门出来，用锤子敲打头上的钟，报出时间，同时，又有"时间老人"挥动手中琵琶，一只公鸡打鸣拍翅，一对小熊走马灯似的鱼贯而过，整个表演奇妙有趣。这座钟的机件是16世纪瑞士制造的。至今保养完好，运转无误。我们看完了联邦宫的演出，立即赶往钟楼，紧赶慢赶，差2分钟到20时赶到了，只见钟楼下已经有不少人站立，翘首以待。等了一会儿，分针指向数字12，巨大的敲钟声响彻云霄，但是我们最期待的敲钟仪式并没有出现，又过了一会儿，人们陆续散去。不知道为什么那个传说中浑身披金的小机器人没有开门出

来，"时间老人"、公鸡、小熊都没有出现，为什么呢？

回酒店的路上，拱廊里的商店都打烊了，但是橱窗的灯光闪烁。街边餐厅座无虚席，人们在品尝美食的同时谈论着生活中发生的大事小事，一派祥和热闹的气氛。看来，对新冠疫情的恐惧感已经从瑞士人的心中逐渐消失，人们正在重新回到疫情前正常的生活状态中。

第十一章｜秋游伯尔尼高地（二）

◎伯尔尼（Bern）　◎图恩（Thun）　◎施皮茨（Spiez）

今日吃过早餐，我们就直奔伯尔尼艺术博物馆
（Kunstmuseum Bern）。经过火车站广场，穿过老城拱
廊，来到集市广场。只见偌大的广场被一排排整齐的
卖衣物、小饰品的摊位占据，其间也有小吃店，大锅

里冒着腾腾的热气，空气中飘着浓浓的新鲜出炉的小食的味道。我们有些后悔了，早知道不该订酒店早餐，在集市随意选择一些好看好吃的食品，品尝一下当地的时令饮食，也是一种了解伯尔尼人生活的最好方式。

集市广场一侧就是我们昨晚来看敲钟未果的巨型钟楼，今日我们在位于钟楼正前方的柴林根雕塑喷泉（Zähringerbrunnen）处驻足观赏。这座喷泉位于克拉姆街（Kramgasse），据说是为了纪念伯尔尼城的命名人——柴林根公爵而建的。当年为了给这座城市起名字，统治者柴林根公爵决定要以捕获的第一只动物来为新城命名，结果第一只猎物为熊，于是熊便成为伯尔尼的象征。喷泉里手持长矛和盾牌的柴林根公爵雕塑威风凛凛，他的脚边则是一头象征着伯尔尼的幼熊。

　　10点，我们来到了伯尔尼美术馆。据介绍，美术馆收藏有瑞士和其他国家的艺术品，以19世纪和20世纪的作品为主（也有14世纪的绘画作品），其中包括意大利原始派艺术家的作品，例如，弗拉·安杰利科（Fra Angelico）的《圣母与圣子》。还有康乃馨绘画大师保罗·勒文施普龙（Paul Löwensprung）的一幅作品，其作品上的签字均为红色和白色康乃馨图案。馆内还收藏了浪漫主义画家霍德勒（Hodler）的作品，最具代表性的是其所作的寓意性湿壁画，描绘白天和黑夜迥然不同的景象。

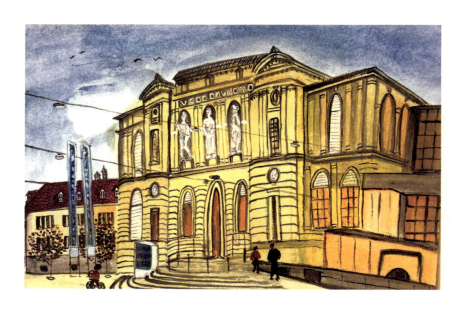

今日美术馆有三个特展正在展出，特展之一是"通向幸福之路"（"Der Weg zum Glück"）。在这里我们第一次看到马克·罗斯科的"色域"真迹，真是喜出望外，激动不已。前一阵子，女儿朋友问：马克·罗斯科的"色域"就是在一块大布上画几大块颜色，是不是很容易上手模仿？我还专门研究了一下这个"色域"系列画，也试着拿起笔临摹了几幅。我得出的结论是：形式可学，神似难，所以，世界上只有一个马克·罗斯科，也只有他的"色域"系列能让人流泪。这里的展品也有不少毕加索立体派画作，这些年在欧洲很多城市的美术馆或多或少都有见毕加索画作，这与他成名早而且绘画创作了长达几十年之久有关吧。看多了也就有了些审美疲劳，没有了早期看到毕加索画作时那种热血沸腾的感觉了。

特展之二专题展是"保罗·克莱 人群/社群"（"Paul Klee, Menschen under sich"）。保罗·克莱（Paul Klee）（1879—1940）被称为20世纪初现代派风格中最不稳定的一位画家。他的个人风格受到包括表现主义、立体主义和超现实主义在内的艺术运动的影响。与莱昂纳多·达·芬奇（Leonardo da Vinci）的书面作品对文艺复兴时期的影响巨大一样，他的演讲集《形式与设计理论的写作》对现代艺术的影响也十分重要。这次特展是保罗中心汇集的当地收藏作品，包括油画、素描、水粉画和水彩画。保罗·克莱的作品以虚幻形式为特色，采用浅色系线条勾勒而成。

特展之三是奥古斯特·高尔的"现代动物"（"August Gaul, Moderne Tiere"）雕塑作品展。奥古斯特·高尔（1869—1921）是德国著名的雕塑家，整个二楼展厅各种动物雕塑栩栩如生、呼之欲出。尤其是那些大大小小、憨态可掬的熊的雕塑很是惹人驻足观看。在伯尔尼最受欢迎的动物莫过于熊了，伯尔尼州旗上绣着一只壮硕的黑熊，样子庄严而俏皮，与飘在旁边的瑞士国旗相映成趣。

三层楼有三个特展，我们花了两小时观展，只能说得上是走马观花、浅尝辄止。中午12点过，我们回到伯尔尼火车站开始了下一段旅途，从伯尔尼取道图恩（Thun）湖畔小镇再去到我们今晚的住宿地——施皮茨（Spiez）。图恩位于伯尔尼以南30千米处，大约一刻钟光景，我们乘坐的列车就从伯尔尼到了图恩。在拟定行程路线和住宿地时，我征询了瑞士朋友的意见，朋友建议住施皮茨，先搭乘火车从伯尔尼到图恩，正好观看图恩湖，然后再坐游轮到施皮茨。于是，我们计划到图恩后，先来一个图恩古城半日游。

　　图恩其名来自古凯尔特语"防御之城"之意。一般来说，欧洲小镇往往是先有了城镇，为了保护城镇才兴建城堡。但在图恩却相反，这里是先有了位于山顶的图恩城堡，再逐渐扩展成为城镇的。公元前58年，图恩被罗马帝国占领，公元4世纪前后随西罗马帝国灭亡而一度被勃艮第控制，公元7世纪已有文献记载提及图恩。1033年，图恩归入神圣罗马帝国版图。1264年，图恩获得了作为城市的权利。1819年，图恩创建了一个军事学校，这个学院逐步发展至今，成为瑞士主要的军事学校，故图恩也是目前瑞士最大的驻军地。因为瑞士

为永久中立国，想来也不会有多少驻军。近现代以来，图恩是瑞士重要的铁路交通中转地，1859年，已有铁路连接瑞士各地，现在则依然是瑞士铁路的主要中转地之一。同时，图恩城也是图恩湖上的主要码头所在地，南来北往水上运输繁忙，商业繁荣，人口兴旺。早在1888年图恩就已开通电话，由此可窥见其繁华程度一斑。

从图恩火车站进城，路两旁商店林立，悬挂在商铺门外的瑞士国旗迎风招展，这算得上瑞士几乎所有城市的一大景观。火车站附近的建筑底层均有像伯尔尼老城那样的拱廊，拱廊内是一家连着一家的商铺，步行十来分钟就到了阿勒河畔。湛蓝色的天幕下五颜六色的建筑倒映在水中，构成了一幅幅色彩斑斓的图画。

蓝天白云下，山峦之巅远远可见皑皑雪峰，那应该就是施托克峰（Stockhorn）了。前方，阿勒河上的廊桥很像卢塞恩八角塔廊桥，过了廊桥是一段铁桥，桥下碧绿清澈的水中一群群硕大的彩色鱼在游弋，引得游人争相拍照。河畔绿色树荫下，整齐地摆放着一张张长条座椅，供人们休闲观景。

　　我们沿着河畔边走边赏景，不经意之间抬头看见了矗立在高处的白墙红顶的城堡，那一定就是我们正在寻找的图恩城堡（Schloss Thun）。图恩城堡于1180年至1190年由柴林根公爵建造而成。我们顺着城堡指路牌进入老城。图恩老城商铺很有特色，分上下两层商铺，下层商铺外就是我们熟悉的伯尔尼拱廊，上层商铺外的阳台自然就成了一个观景台。人们可以在露天喝咖啡，真是不错的设计，既增加了商铺的面积，又增设了观景阳台，给城市增添了一份温馨和浪漫，人们在观景中购物，在购物中观景。

　　我们沿城堡指示牌前行，右边有一个坡度呈60°~70°角的木制长廊直通上山，大约几百级阶梯，我们尽管背着背包，还是一口气冲了上去。来到山顶，马上进入视线的不是城堡，而是一座白色大教堂，它就是建于1330年左右的图恩城市教堂（Stadtkirche Thun）。教堂系中世纪哥特式建筑，于公元1430年前后装饰了湿壁画。几十级坡度呈60°~70°角的石阶直通教堂，走上来之后豁然开朗，教堂前方是巨大的草坪花园，后方是观景台，可以俯瞰图恩城市建筑和眺望远方的施托克峰。

我们在观景台见到一位九十岁高龄的老太太，穿着干净舒适的衣服，推着既可以充当座椅亦能辅助行走的轮椅，慢慢走慢慢看，最后在面对雪山一方的长椅上落座。先生深有感触地说："她怎么舍得离开这个世界？！"言下之意，生活在这么美丽的地方，当她要告别这个世界时会不会舍不得呢？！而我的感触却完全不同，一位九十岁高龄的独居老人没有被困在家里，而是悠闲自在地生活，还有闲情逸致登到这么高的山顶看风景，享受人生。想来她是本地人，此处也许来了数不清的次数，如今仍然兴致盎然来此游玩。等我将来到了她这个年龄，一定要像她那样过属于自己的精彩人生，绝不能虚度每一天每一时每一刻。

从教堂平台花园顺着城墙往上再行走一段路程，就到了图恩城堡。穿过城堡中庭，来到一个巨大的观景台，此处有不少游人在兴趣盎然地俯瞰图恩老城。城堡内有一座曾经用于防御的塔楼，塔楼内现在是历史博物馆，其中存放有史前至中世纪时期的文物，还有18世纪至19世纪的武器和制服，除此之外，还设有陶瓷展和玩具展。城堡内中庭设有咖啡厅，人们悠闲落座休息聊天。

从城堡出来我们见到一位华人模样的中年人，五十岁左右，背着背包，独自一人游城堡。从伯尔尼开始，他算是我们近距离接触的第一个华人，大家自然地打招呼聊了起来。他住在日内瓦，在巴黎香格里拉酒店上班。我们去过日内瓦，同时曾经在巴黎香格里拉酒店参观过埃菲尔铁塔豪华观景房，自然就有了深入交谈的话题。他说，日内瓦风景没有伯尔尼高地的湖泊雪山这般壮丽。说香格里拉酒店的埃菲尔铁塔观景房每日房价几千欧，对于我们这些老百姓来说这大约是个天文数字。不过，当时参观豪华套房时感觉确实非常震撼。套房面积好几百平方米，除了有客厅、卧室、厨房、浴室，还有一个巨大的露天观景台，无论从套房内外任何一个地方都可以看到埃菲尔铁塔。尤其我们是傍晚时分去的，蓝色的夜幕下，埃菲尔铁塔五颜六色的灯光闪烁，如梦如幻。

从城堡下来我们回到火车站，准备搭乘游轮从图恩到施皮茨。最后一班从图恩到施皮茨的游轮已经在15点之前开走了。看来今天只能乘火车去施皮茨了，我有些懊悔，我们应该下了火车就来码头问询一下游轮时刻表，那样就不会误了乘船的时间。看来，我们接下来的行程必须调整时间，专程乘坐游轮看图恩湖了。

从图恩到施皮茨火车车程只有十分钟，出了施皮茨火车站，马路对面就是观景台。站在观景台上，蓝莹莹的湖水泛着金光，沐浴在阳光下的施皮茨小镇和城堡被我们尽收眼底。我在瑞士很多旅游名片上都看见过这幅画面，不由得感慨能够生活在这样美若仙境的地方，施皮茨人多么幸福啊！

　　跟着Google Maps导航系统，我们花了十几分钟步行到了民宿地，那是位于路旁的一幢三层楼房，我们的房间在底楼，有卧室、客厅、厨房、浴室，房东住二楼和三楼，不同的进出通道，互不打扰。房东应该是很懂生活且很有品位的人，房前屋后各种鲜花盛开，窗台上是各种植物摆设，房间里所有家具都是木质材料，而且很有年代感。橱柜里上下几格摆放着各种玻璃和瓷器器皿，餐桌上放了一瓶葡萄酒和两个酒杯，欢迎住店的客人免费品尝。墙上挂的是图恩湖景的照片，令人赏心悦目。

　　我们买了一些食材，做了一顿还算不错的晚餐。晚餐后我们趁着太阳还未落下，赶紧出门去湖畔看施皮茨城堡（Schloss Spiez）。我们住的民宿离城堡大约有十来分钟的路程，沿途都是别墅，家家户户的窗台和庭院里鲜花盛开，金色的阳光洒在房前屋后，构成了一幅幅美丽的图画。我们一边走一边拍照，不住地赞叹施皮茨小镇真是太美了。

　　施皮茨城堡被收录于瑞士国家重要文化遗产名录中。城堡始建于933年，一直到18世纪不断进行扩建及翻新工程，才有了如今这样气势磅礴的模样，高高的红色塔楼在蓝天下格外耀眼。城堡虽历经千年风雨，但仍巍然挺立。此刻城堡博物馆已经闭门谢客。偌大的庭院静悄悄的，古代将领的雕像无声地述说着往日的辉煌。偌大的城堡花园里，各色鲜花竞相开放，任由我们静静地观赏、静静地拍照。

　　城堡矗立于图恩湖畔，正门朝向图恩湖。城墙一侧下方是绿茵茵的草地，另一侧就是游客码头。夕阳余晖下，金秋十月彩色的山峦倒映在图恩湖里，湖水熠熠生辉。我们坐在城堡观景台的长椅上，静静地欣赏这一幕，久久不忍离去……

第十二章 | 秋游伯尔尼高地（三）

◎采尔马特（Zermatt） ◎马特洪峰（Matterhorn） ◎菲斯普（Visp）

今天，我们就要拥抱马特洪峰（Matterhorn）了！严先生说："拥抱"这个词太夸张，应该是零距离接触马特洪峰。我说就是"拥抱"，我就是要把马特洪峰拥入怀里。

马特洪峰位于瑞士瓦莱州小镇的采尔马特（Zermatt）度假村，海拔4478米，是阿尔卑斯山最美丽的山峰，也是瑞士引以为骄傲的象征。马特洪峰以其一柱擎天之姿，直指天际，其三角锥造型的山体在朝晖夕阳下，总会折射出万丈光芒，摄人心魄。

昨天一到施皮茨，我就在火车站售票处询问了去采尔马特和马特洪峰的交通路线和时刻表。今晨，我们先搭乘普通列车从施皮茨到菲斯普（Visp），在菲斯普再转乘高山齿轮列车到采尔马特。前一段路程列车行驶1小时10分钟，后一段行驶约30分钟，加上转车时间不到两小时。施皮茨开往菲斯普的列车几乎每相隔20~30分钟就有一列，菲斯普是通往采尔马特的唯一出发地。而去往马特洪峰的唯一方式就是采尔马特的高山齿轮火车（又被称为冰川快车或高空缆车）。

　　采尔马特位于阿尔卑斯山群峰之中，有"冰川之城"美称，是世界著名的无汽车污染的山间旅游胜地。最为独特的是这里没有汽车，只有电瓶车。我们从火车站出来，在路旁等公交车时，看见了似曾相识的20世纪八九十年代成都街上农民拉客的火三轮，我当时感到很奇怪，居然在这样著名的旅游区看到这么复古的交通工具。仔细观察上面写着"Taxi"，我终于明白过来，原来这就是采尔马特特有的电瓶出租车。我居然没有拍一张与电瓶出租车在一起的照片，事后想想有些遗憾。

　　提前做功略时我了解到有冰川齿轮列车从采尔马特到达马特洪峰山顶，且车站就在火车站大门正对面。到了采尔马特看见了对面的齿轮列车车站，但车站大门紧闭。我到火车站问询处一打听，才知道今日只能搭乘登山缆车上顶峰。我们立即出发，直奔马特洪峰最高观景台——马特洪峰冰川天堂（Matterhorn Glacier Paradise）。首先，我们在火车站大门对面的电子公交站乘坐小镇巴士（电瓶公交车），约十几分钟车程，到达马特洪峰山脚小镇，然后再搭乘大型电梯上到缆车购票处。从巴士上下来的人大部分都穿着滑雪服、扛着滑雪工具，全副武装，像我们这样纯粹观景的游客为数很少。大家目标一致，直奔最高峰——马特洪峰冰川天堂，往返票价为104瑞郎。购票进站一气呵成。

马特洪峰的顶峰是在1865年7月14日第一次被人类攀登征服，距今已有一个半世纪。不过，真正吸引游客前来的，还是这里的滑雪场。马特洪峰终年积雪，所以四季都有适合不同滑雪者的滑雪场开放，这里也是夏季阿尔卑斯山海拔最高的滑雪场。海拔3883米的马特洪峰冰川天堂是欧洲最高的缆车站及观景台，在这里可以最近距离欣赏马特洪峰及周边的群山森林。而位于冰河表面地下15米的马特洪峰冰宫是世界上海拔最高的冰宫，在这里可以以一种非常独特的方式游览冰川并且欣赏其高山裂缝。

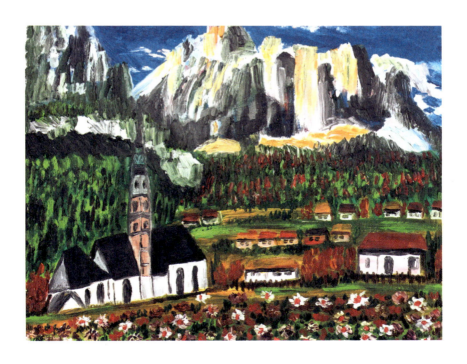

登山缆车包厢很大，可乘40~50人，被塞得满满当当的，完全没有什么1.5米安全距离。好在很多人都拿着滑雪板，留有一定的空间，不然就要人贴人了。成年人都戴着口罩，而十几岁的少年和小孩子几乎都裸露着面部。仔细观察发现他们都身着类似的滑雪服装、鞋帽，帽子上配有墨镜，衣服上印有"××Team"字样，一看就是同一个滑雪俱乐部的会员。欧洲各种俱乐部甚多，主要分为三大类，一类为徒步爱好者俱乐部，一类为乐器演奏者俱乐部，另一类就是各种球类俱乐部。严先生和女儿、女婿都是法兰克福某羽毛球协会会员，每年缴费几百欧会费，每周可在家门前小学体育馆打2~3次羽毛球。羽毛球协会是个松散的组织，但时不时也要搞一些比赛、烧烤等活动。

　　缆车启动了，缓缓上升，人们看到山坡风景从开初时的彩林过渡到光秃秃的山脊岩石，随着缆车一层层向上推进，看到马特洪峰了，车厢里一阵欢呼声。马特洪峰海拔4478米，是阿尔卑斯山系最著名的山脉之一。瑞士著名的三角体巧克力包装上就印有它的身影。回家后在网上看见有人拿着这个巧克力与马特洪峰合影，我们很后悔没有早一点看见这样的照片，不然我们一定会效仿来一张一样的特写镜头。

　　登山索道一共分三段，第二段索道就到达了马特洪峰的高山湖观景台，很多人在这里下了缆车。我们决定趁着天气好先上到山顶，等缆车下来时间充裕再到外面湖区走走，慢慢观赏马特洪峰。后来发现这是明智之举。最后一段索道缆车把我们载到了马特洪峰最高点，我们到达山顶冰川观景台后发现长长的隧道里有一个冰川电影院。说它是电影院有点言过其实了，因为只有一排圆弧型座椅，座椅是一个半封闭的包厢，悬挂在空中，对面就是巨大的宽银幕电影。人们可以舒适地坐在包厢里观看关于马特洪峰的纪录片，纪录片滚动播出不同的内容，有关于马特洪峰四周雪山的介绍，有关于山区动物的介绍，最令人震撼的就是记载那些在海拔3000~4000米，甚至4000米以上攀登雪峰的人们的镜头。

　　银幕上真实展现了这些勇敢无畏的登山者，有独自一人攀登雪峰的，也有一男一女用一根绳子连接彼此的，他们手里拿着雪镐，一步一步艰难地在70°~80°陡峭的雪峰上攀登。我想，万一其中一人滑落掉下去，是另一人把他（或她）用绳索拽上去，还是两个人一起坠落？！想到这里我的身子有些战栗。那是一些怎样勇敢无畏的人啊！这些镜头里是否就记载着那长眠在马特洪峰教堂墓地里的灵魂？！马特洪峰小镇有一座哥特式小教堂，但教堂的钟声却能响彻山谷。教堂前，有400多位来自世界各地、在向马特洪峰山顶冲刺过程中遇难的勇士的墓志铭，他们将自己的灵魂留给了马特洪峰。150年来，每年都有许多膜拜者来这里与他们交流——活着的人为他们自豪和祈祷。

长长隧道的尽头就是我们心中的圣地——高乃格拉特（Gornergrat）冰川天堂观景台。就在与采尔马特山水相连的瓦莱区，少女峰–阿莱契–比耶契霍仑冰川地区已经被联合国授予世界遗产的称号，这一地区拥有欧洲最大的冰川。走出隧道，抬眼就是一望无际的冰川，呼啸的狂风让人几乎站立不住，一瞬间置身于-40℃~-30℃低温环境的银白世界，四周数十座海拔4000米以上的雪峰，这梦境一般的情形使我的情绪瞬间爆发。这是我在下山途中写下的一段文字："乘马特洪峰高空索道缆车到达海拔3893米的高乃格拉特冰川天堂观景台，这里有38座海拔4000米以上的高峰围绕着采尔马特，滑雪道总长245千米。面对这片未曾受过人为破坏的银白世界，我瞬间像被电流击中，泪流满面，痛哭失声，今生到此，夫复何求？！"

　　从冰川天堂乘缆车往下，到了马特洪峰观景台，我们下了缆车，整理好服装、鞋帽，开始了原计划的高山（雪山）徒步旅行（hiking）。说是徒步旅行，其实就是几百米的距离，出了缆车站右转就看见那令人叫绝的马特洪峰奇观——一座像三角锥体的山峰拔地而起矗立在高山湖畔之上，湖水中倒映着马特洪峰那既雄伟险峻又婀娜妩媚的山峰。粗沙砾地上有一些积雪，但是人们并不觉得很冷，走上几步有些发热，我把围巾解开任冷风吹拂。偌大的景区开始只有我们俩人的身影，之后来了一对年轻情侣，再后来又来了四五个游人。这样的世界奇观景区只有区区不到十人，真是太不可思议了，平常年份来马特洪峰的人每天不说成千上万也是成百上千，再好的景观，人多了景就变味了，看景还是看人呢？！今天无论在冰川天堂还是马特洪峰观景台，除了滑雪的人们，真真切切的游人寥寥无几。

　　回到缆车站，车站顶上有偌大一个观景平台，上面有露台咖啡店，户外餐椅上空无一人，我进去自助餐厅买了咖啡端出来，我们俩坐在平台上望着马特洪峰、品着咖啡，一份不可多得的悠闲。以后再来采尔马特、再来马特洪峰的机会应该还有，但是这样的情形绝不会再有了。严先生珍贵的照片记录下了这珍贵的时刻！

　　坐在观景平台上，头顶不断有登山缆车掠过，采尔马特的雪场最受滑雪者热爱的就是纯净自然的环境。在采尔马特，四通八达的山区齿轮火车和各式缆车把滑雪者送往各个雪场，人们可以轻松地抵达各处滑雪点。我们坐在平台上一边晒着太阳，一边看那些穿着鲜艳的滑雪者不断地从山上以各种姿势滑下来，特别是小孩子滑雪，那真是有一点惊心动魄的感觉。这是一场视觉盛宴，先生举着单反不停地拍摄，我在旁边使劲儿拍视频。我们尽情领略这一独具魅力的自然景观和人文景观，在新鲜的空气里敞开心扉深呼吸。

我们乘缆车下行，掠过漫山遍野的彩林，看着这深秋季节层林尽染的山坡，深深地感动，这赤橙黄绿青蓝紫的丛林像上帝打翻的调色盘。

到了缆车站，我们没有乘坐电梯下山，而是选择慢慢从山坡往下走，好好观赏一下沿途的风景和建筑。小镇具有浓郁的瑞士传统风情，山村雅致的砖木结构房屋让这里拥有一种特殊的氛围。建筑物外墙上刻着各式各样的图案，窗外和墙角也都种满了鲜花和植物，给寂静的小镇增添了几分活泼气氛。

突然，我们发现空中一架红色的螺旋桨直升机不断地在房顶上飞来飞去，开始我们以为是为了增加小镇的娱乐性而开展的活动，后来仔细看直升机是在担任运输机的职责，往返向山坡上运送大树。我们猜测，这里山势陡峭，房屋都是沿山坡而建，大型物品电梯载不了，只好用这样的直升机作为运载工具。

我们来到巴士站，准备搭乘巴士回火车站。因为来时匆匆，当时心里就只有一个信念——搭乘高空索道上顶看马特洪峰。根本无暇顾及周围环境。此刻静下心来环顾四周，这儿俨然就是一个天然公园，山坡有层层叠叠、五颜六色的彩林，大片草坪铺在路旁，长椅上人们在晒太阳，草地上有人在遛狗。这里其实也是观看马特洪峰的最佳地点，抬头可见马特洪峰近在咫尺。我们遇见一个来自美国的小伙子，他独自一人游此地，请我为他拍照。这里居然有一个绝佳的摄影点，草坪边有一块巨大的岩石，岩石上长有一棵松树，人爬上岩石坐在松树巨大的树丫上，用手摆出各种动作，照片拍下来就像手摸着马特洪峰峰顶或者手托着马特洪峰。不过，我倒是极力劝说那个小伙子一定要去登顶高乃格拉特冰川天堂观景台，一定要零距离触摸马特洪峰，不然会遗憾终生的。

　　我们从采尔马特返回施皮茨途中仍然在菲斯普（Visp）转车，难得的机会，自然要去菲斯普老城转上一圈。菲斯普位于瓦莱州，该州被称为"瑞士的阳光露台"，因为菲斯普的全年日照时间长达300天。菲斯普依偎在欧洲海拔最高的葡萄园脚下，如果想在自然和文化环境中度过一个美好而难忘的假期，这里堪称一个理想的地点。菲斯普是集购物、休闲、度假为一体的小镇。在这里，不仅有每周星期五傍晚的农民市场、每周市场和跳蚤市场，班霍夫大街也极具吸引力，大街两侧不仅商铺林立，还有迷人的花园露台，会议中心定期会举办精彩的表演和活动。当然最令人回味无穷的是人们徜徉在菲斯普老城里，欣赏那众多古老的中世纪建筑，大有穿越时空的感觉!

　　告别马特洪峰，告别采尔马特，告别菲斯普，回到湖光山色的施皮茨火车站，看夕阳把金色的余晖洒在图恩湖面上，湖水波光粼粼，城堡，山峦，层层叠叠、错落有致的小镇建筑……一切一切都是那么美好，令人赏心悦目。今天是感动的一天、震撼的一天、温暖的一天，令人回味无穷且终生难忘的一天。

第十三章｜秋游伯尔尼高地（四）

◎图恩湖（Lake Thun） ◎尼德峰（Niederhorn）

到施皮茨（Spiez）已经是第三日了，昨天马特洪峰之旅回味起来仍惊心动魄，高海拔的徒步旅行对身体的考验，不能说事前完全没有担心。用严先生的话来说就是我这人做事往往不计后果，事情做起来再说。也许如此吧。如果什么事都瞻前顾后、患得患失，那么就不会有我的五姐妹勇闯冰岛，也不会有

两姐妹独闯西藏，数次登上海拔5000多米的高原雪峰，这些令我骄傲不已的壮举。我们计划今日来一个图恩湖环湖游，一来缓和一下这几天风风火火的快节奏，二来乘船欣赏瑞士迷人的湖光山色，也是弥补前日错过了搭乘游轮从图恩至施皮茨的遗憾。

今晨7点过起床，隔着玻璃窗只见外面电闪雷鸣、风雨交加，门前大树被风吹得东倒西歪，对面山峰笼罩在大雾中。我心中一惊，今天的图恩湖游轮一日游恐怕要泡汤！

吃过早餐，9时许，风停了，雾散去，蓝天隐隐显现。我赶紧出门，看看能否成行。一路上，看见孩子们三五成群背着书包叽叽喳喳上学去，心中有些感慨，这里的学校很人性化，遇到极端天气孩子们自然就推迟了上学时间。阳光透过云层洒在湿漉漉的地面上，被雨水冲洗过的树叶苍翠欲滴，五彩缤纷的花朵更加娇艳，天空中云层逐渐散去，看来今日又是一个晴朗的好天气。

　　十时许，我们在施皮茨上船，搭乘从图恩始发的游轮，行至因特拉肯
（Interlaken）西站，然后返程至施皮茨再回到始发站图恩，整个航程大约5个小
时。因为现在不是暑期旅游旺季，也不是冬季滑雪期，所以游轮一天三班，每
班相隔两个小时。这个游轮行程是绕图恩湖转一圈，中途有很多小站可停靠，
人们（包括当地居民和游客）可以随时上下。因为图恩湖对岸不通火车，所
以，这个游轮很大程度上是作为游客旅游观光和当地人出行的交通工具同时存
在的。

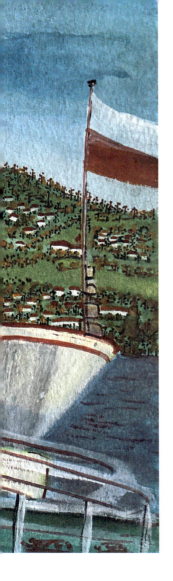

　　我们买的是天票（不仅含当天的游轮票，也含火车、汽车票），计划沿途看到哪个地方的风景吸引眼球，我们就在哪个站停靠，玩够了再登船开始下一段旅途，反正两个小时一班游船，只要不错过最后一班游船就好。

　　游轮有上下两层，分内舱和露台，我们俩一直待在船头露台，一则观两岸风景，二则严先生几乎是一刻不停地举着单反拍照。两岸迷人的风景，随便一张都可作为瑞士旅游的明信片。我们船上有一队七八人的旅游团（可称为"夕阳红旅游团"或"银发旅游团"），他们在Leissigen下了船，我们猜测这是一个旅游景点，严先生说等船返回时我们也在这里下船，到镇上转转。

　　游轮继续前行，突然严先生说："看，湖畔上有一条缆车线通向山顶！"我一听就来劲儿，在瑞士这样绿色环保做到极致的国家，能够修一条缆车直通山顶，那么山顶一定有奇观，"山不在高，有仙则名"。虽然我们尚不知图恩湖畔有什么名山，但这个缆车直达之地一定是一处名胜古迹。我立即决定：乘缆车上山"寻宝"。慎重起见，我特地在船上售票员那里做了一番调研，从而得知，这确实是一个难得一遇的机会，搭乘缆车上到尼德峰（Niederhorn）山顶，从山脊的观景台除了可以近距离观看少女峰、僧侣峰和艾格峰等一系列阿尔卑斯山脉雪峰，还可以俯瞰整个图恩湖和布里恩茨湖。

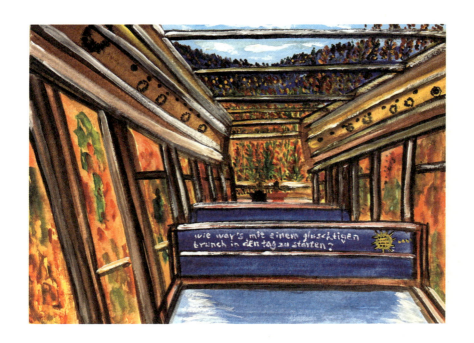

　　于是，当游船从因特拉肯西站返回时，我们在贝阿滕贝格（Beatenberg）码头下船上岸，在比泰布克特湖畔缆车站购票，搭乘全景的玻璃观光缆车，大约15分钟，到达贝阿滕贝格村。这里海拔1200米，村庄绵延7千米之长。再转乘新颖的小组吊轨缆车，约20分钟上到尼德峰山脊。缆车从草地和树林上空掠过，车厢两旁秋天五彩斑斓的景色带给我们极致的视觉享受，我们真真切切感受到了瑞士山林的美丽动人。

　　到了山顶，尼德峰海拔虽不足2000米（1950米），在瑞士一众雪山峰中名不见经传，但站立在尼德峰山顶观景台上，可以近距离眺望伯尔尼兹阿尔卑斯山脉（Bernese Alps）、阿勒（Aare）和贾斯蒂斯（Justis）山谷、Gemmenalphorn峰的野山羊属地等。我们矗立山脊上，眼前的艾格峰、僧侣峰和少女峰三座雄峰以及其他众雪山构成了一幅大气磅礴、巍峨壮观的巨幅画卷。再俯瞰被群山环绕的一汪碧水，那就是图恩湖和布里恩茨湖，皑皑雪峰、叠翠山峦倒映在湖水中，我的心被这般美景融化了。

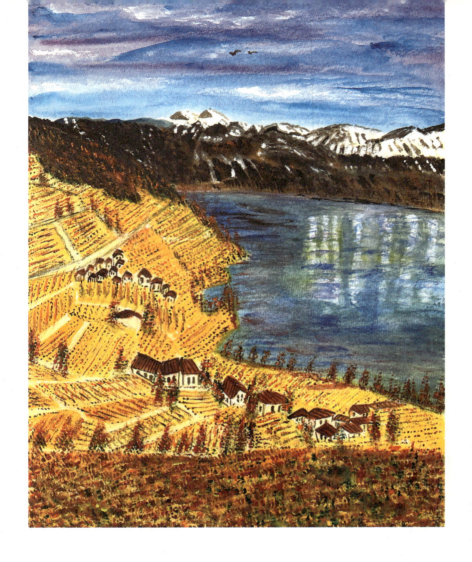

　　我们继续前行一段，到达尼德峰山脊北边的观景点，这里是欣赏贾斯蒂斯（Justis）峡谷的最佳地方。

　　两个小时游尼德峰，时间虽是远远不够的，但是也总比错过了好上一万倍。严先生说，风景是看不完的，并且最好的风景总在前头。我的观点是风景虽然看不完，但能看的一定要尽可能去看，错过了也许就再也没有下次了。时不我待！我们赶紧搭乘下山缆车，不能错过最后一班游轮。缆车一停稳，我们立即冲出去，一路向着湖畔小跑。还好，到了码头，游轮才慢慢靠岸。

我们上船，又开始第二段图恩湖游轮观光之旅。游轮经过施皮茨时我们没有下船，继续下一段航程，补上我们前日错过的从施皮茨到图恩的游轮之旅。从施皮茨到图恩这一段的风景特别漂亮，湖泊两岸的小镇一个接着一个，依山而建的小镇建筑错落有致，家家户户窗台上盛开着鲜花，瑞士国旗迎风招展，满山彩林层峦叠嶂，古城堡、教堂倒映在碧绿的湖水中，一幅幅色彩斑斓的风景画停留在我们脑海里，久久不能挥散。

到了终点站图恩，我们下船后沿着图恩湖和阿勒河接口处的水道游览，这里是河畔公园湖中的人工岛，岛上也有一个自然公园。这里有不少游艇俱乐部，湖面上停靠着大大小小的私人游艇。水上运动在图恩非常流行，清澈的图恩湖是游泳、帆船、冲浪、潜水等运动的理想之地。夏天，美丽的湖滨浴场吸引着众多游客前来，除此之外，密集的自行车道路网络也可以满足不同游客的需求。

　　我们沿河道来到廊桥，过了廊桥去老城游览。前日路过图恩时，主要是去看图恩古堡，今日游览的重点则是老城中心，包括去参观建于14世纪的教堂、16世纪的市政厅、老城步行街以及光顾阿勒河沿岸的餐馆和咖啡厅。当我们从市政厅往下走时，远远看见在街边一处地方有人排着长队，难道这些人在排队购物？因为我们在汉堡市中心步行街就曾看见很多人排队，走近一看是一家糖果店。我们很诧异，居然有这么好吃的糖果需要排队购买！这次走近一看，门楣布标上写着：新冠测试中心（Covid–19 Testzentrum），我们吓了一跳，落荒而逃。不过，看那些排队等待测试的人有的戴了口罩，有的没有，大家表情很平静，似乎没有任何的紧张气氛，全然没有我们这般谈之色变的感觉。

　　明天我们就要告别施皮茨，前往因特拉肯，在这里住了三晚，每日穿行于小镇之中，眼下得花一些时间费一些笔墨来介绍一下这个美丽的湖畔小镇。施皮茨小镇位于伯尔尼东南方向，在图恩湖南岸。这里属于高原地区，海拔在600米左右，是一座被雪峰环抱的小镇。来到施皮茨小镇的人，一定会被这里碧水蓝天、雪山景色、水上运动所深深吸引。当你走进小镇里面，会看到许多风格奇特的建筑群，外部多为老伯尔尼式建筑，内部装饰元素丰富，形式多样。特别是那些临湖而建的房屋，耀眼的阳光洒下时，它们在湖面上的倒影就显得格外美丽。

此外，施皮茨小镇的植被覆盖率高，大多为草地、树林。这里如同一个氧吧，空气格外清新。夏秋季小镇是休闲度假的好去处，每到冬天滑雪季时，这里又是另一番迷人的冰雪世界。

全球有不计其数的小镇，每个小镇都独具特色。对于那些热爱旅游的人来说，都是无法抗拒的，因此许多人踏上了寻找特色小镇之旅。那么国外有哪些特色小镇值得我们去呢！除去我们众所周知的俄罗斯苏士达小镇、瑞士因特拉肯小镇、奥地利哈尔施塔特小镇、法国科尔马小镇等，施皮茨也算得上是一个特色小镇。如果你到瑞士伯尔尼高地来，一定不要错过施皮茨小镇。

第十四章 | 秋游伯尔尼高地（五）

◎因特拉肯（Interlaken） ◎格林德瓦（Grindelwald） ◎菲斯特（Fist）

今日行程：上午9时许我们从施皮茨乘火车去因特拉肯（Interlaken），入住因特拉肯马腾霍夫（Mattenhof）度假村。

堪称"世界最美小镇"之一的因特拉肯坐落在"上帝之眼"——图恩湖和布里恩茨湖之间。因特拉肯小镇的建筑设施仿佛都是为接待世界各地来客而准备的，小镇的大门是火车西站，站前广场就是小镇的中央广场，从这儿开启的中央大街和少女峰大街是两条商业街，街道两侧除了商店、餐厅，就是各种宾馆和度假屋。

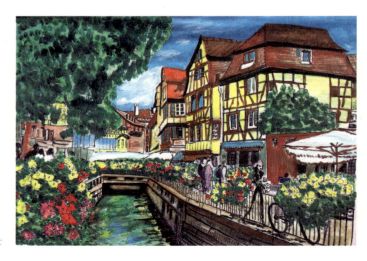

　　因特拉肯小镇是通往少女峰、艾格峰、僧侣峰等雪峰的上山缆车和齿轮火车的起点站，也是图恩湖和布里恩茨湖的游湖码头所在地。整个因特拉肯仿佛都洋溢在梦幻般的旅游度假气氛之中，我们所到之处、所见之人几乎都是拉着行李箱、背着背包或扛着滑雪工具的游客。我们边行路边观景拍照，走走停停穿过半个因特拉肯城，来到了我们的目的地——马腾霍夫度假村。

　　这是一幢独栋别墅，房主把底层空间分隔出来一部分做了民宿。我们有独立的进出通道和独立使用的卫生间，一间大卧室兼具客厅饭厅之功能，房间里的家具比较新，装修材料看起来也比较新。我们住进房间后短暂休息，吃了一个早午饭，不到12点出发搭乘巴士五号线从马腾村太阳酒店（Matten Hotel Sunne）到维德斯维尔火车站（Wilderswil Bahnhof），然后搭乘火车到格林德瓦（Grindelwald），单程约1小时。

　　格林德瓦（又译为"格林德尔瓦尔德"）近年来成为瑞士旅游最热门的城镇之一，甚至超过采尔马特和因特拉肯成为瑞士新兴的童话小镇。原因大概是格林德瓦位居山谷，犹如被世界遗忘的小村落，尽管是进出少女峰的门户，却并没有过多的商业开发，保留了小镇原有的样貌，在少女峰脚下若隐若现，吸引着来自世界各地的人们来寻觅这块童话世界。

　　此次格林德瓦之行勾起了一段尘封的往事，正如前文所述十余年前，女儿刚买了新车，我们全家和女儿的闺蜜Alexa一起自驾游路过了瑞士格林德瓦，女儿原本订了格林德瓦镇上酒店，结果阴差阳错落脚在一个小型飞机训练基地。那次我们开车到了格林德瓦，泊车后在小镇玩了半天，算是我和先生第一次进入瑞士境内，第一次观看瑞士的小镇风貌。小镇房屋大多是木质结构，依山势而建，每家每户窗台上、木质围栏外鲜花盛开，鲜艳的瑞士国旗迎风招展。整个小镇掩映在青山绿树中，高处的雪山顶即使在炎炎夏日也是白雪皑皑。

我们今日的旅游安排是从格林德瓦小镇前往菲斯特。我们从民宿出发步行大约十分钟，来到缆车站，搭乘高空缆车，前往菲斯特山顶。山坡上绿色的草地像是一层厚厚的绒毯，错落有致的童话小屋点缀在青山绿树之间，如梦如幻，如诗如画！瑞士特有的花色相间的奶牛被散养在绿色的山坡上，它们不紧不慢地吃着青草，脖子上的铜铃时不时发出清脆的响声。透过全玻璃的缆车车厢观看的每个角落都是一幅幅美丽动人的画面，我们尽情拍照，享受大自然的美好！

　　菲斯特海拔2168米，缆车全长5226米，上升坡度1100米，车程单边约25分钟。山上免费活动：喜欢冒险刺激的可以在悬崖天空步道漫步，或者可以徒步旅行至高山湖泊巴哈尔普湖（Bachalpsee）。山上自费活动：包括高空飞索、山景卡丁车、神鹰飞索、山景滑板车、气垫跳。这些自费活动大多是年轻人所喜欢的，参加活动之前一般都要签署免责协议，出事自己负责。这类活动我们是不敢玩的。顺便说一下，上山缆车票：单程30瑞士法郎，来回60瑞士法郎，如果玩冒险活动，可以购买Adventure Card套票，这样就不用额外购买缆车票了。

　　上到山顶，我们下了缆车开始海拔2000多米的高山徒步，按指示牌上所说往返徒步时间2.5~3小时可抵达高山湖泊Bachalpsee，其实不然，一般游人4~5个小时是需要的。徒步山脊途中，对面就是闻名天下的少女峰，只见她数次被浓雾笼罩，再缓慢露出真容，真是百闻不如一见，原来"少女峰"就是这样得名的——犹如一位娇羞的少女，被面纱遮盖，让人难以一睹其真容。

　　山脊处有一块小水塘，乍一看没有什么特别之处。人们路过此地均未特别关注它的存在，结果严先生发现从这个水塘可以看到少女峰的倒影，我们兴奋地寻找着最佳拍摄位置拍下了一张又一张经典的照片。当我们返回经过此地时，整个少女峰峰顶被浓雾吞没，我们镜头下的少女峰又是另一番景象了。

　　严先生一路走一路拍，不仅拍到了好风景，还拍到了野生土拨鼠。它们个头比松鼠稍微大一点，皮毛是红褐色的，与山坡上的杂草颜色极其相似，由此可见动物的伪装能力真是天生的。严先生把照片发给女儿看，让她找照片里有什么东西，女儿居然没有找到土拨鼠，可见这种动物的伪装性超级强。

在去往高山湖泊的路上遇到了不少人，大多为年轻人，一对70来岁老人给我们留下了深刻的印象。远远看见他们挂着登山杖、挺着腰板儿、迈着坚实的步子在山脊小路上向我们迎面走来，等他们从旁边经过时，我们向他们竖起了大拇指赞扬他们的勇气和毅力，他们也笑着给我们打招呼。当他们走过一段距离后，严先生举起相机打算拍一张两位老人的背影，没想到他们正好转过身来，看见严先生举起的相机，微笑地竖起大拇指任由严先生拍照。

到了Bachalpsee，整个湖区视线之内只有我俩的身影，我们尽情地欣赏湖光山色，享受这份宁静，坐在湖畔一边休息一边吃面包、巧克力，补充能量。过了一会儿，来了一家三口，七八岁的小男孩开心地在湖畔跑来跑去，湖区顿时充满了生机。

往回走时，不知不觉很快就到了缆车站。一般说来，回程总是感觉比去时路程短许多。去的时候，我们见到返程的游人，情不自禁会问："还有多久能够看见湖？"前一个说还有大约30分钟，走了十多分钟后，遇到后一人再问："还有多久能见到湖？"人家说还有40多分钟。所以啊，这个路程远近主要看人自身的主观意识，他（她）觉得远就远，觉得近就近，与事实无关。

返回时我们原计划走悬崖天空步道，不料刹那间天降大雾，整个山顶瞬间完全被笼罩在浓雾中，眼前白茫茫一片，几米之外什么都看不见。那悬崖天空步道确实蔚为壮观，笔直的悬崖像被刀削斧砍一般，在步道上行走的人们仿佛悬在空中，看得我心惊胆战。

现在这般浓雾弥漫，我们只能放弃冒险，直接乘缆车下山。当我们进入缆车站时突然看见门上用中文写着"缆车截止运营时间：5：30"。天哪，那时已经5点过了，要是去走悬崖天空步道，肯定会错过下山缆车。我们俩要步行走下山是绝对不可能的，就算不是大雾弥漫，我们要在天黑之前下到山脚下的格林德瓦小镇也不行。何况这样的天气，我们会不会在山上被冻死？！严先生说我想象力太丰富了！再不济我们在山顶缆车站休息区也能扛上一夜，就算晚上山区温度降到零下，休息区里还是比较暖和的，总还有几度吧。不过，我们也提醒彼此，以后搭乘缆车时一定先看看收车时间。

我们俩上了缆车，先是一阵后怕又来一阵自得其乐，今天菲斯特一游成也大雾败也大雾。因为天降大雾我们错过了体验悬崖天空步道，却侥幸地没有错过缆车下山时间。

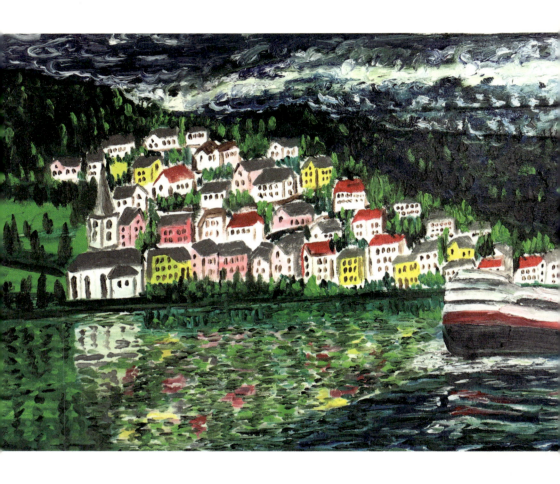

　　下山后，云开雾散，太阳又冒出来了，照射在"梦幻山坡"上，美不胜收。所谓"梦幻山坡"，它是小镇的著名景点，位置就在火车站对面较为平缓的山坡上，是一大片绿树、青草，点缀着一幢幢小木屋，看上去仿佛童话世界中的矮人村。时不时还有黄绿色的火车从中穿过，似梦似真般的存在。每当日出日落时，这里的草地会呈现出波浪般的层次感，加上一幢幢小木屋点缀其中，鲜艳的瑞士国旗迎风招展，美得让人不忍离去。

走在小镇街道上，随便看看几家店门外挂的登山杖和滑雪衣的价牌，价格并不贵，不是说瑞士的物价奇贵无比吗？何以见得呢？我心中几次涌出一股冲动，想在此购买一套正宗的冲锋衣和登山杖，配上帽子、墨镜，把自己武装起来，想想都很爽！

我们乘车回到因特拉肯住地，已经华灯初上，整个行程历时6~7个小时，充实而快乐，又是令人难忘、值得无限回味的一天！

晚餐后，我们乘着暮色在马腾村溜了一圈，马腾村位于因特拉肯东站进入少女峰的必经之路上，村子不大，中央一条公路通往山里。公路两旁一家挨一家的酒店、宾馆，沿街店铺以咖啡馆居多。公路两旁都是别墅，我们仔细观察发现村里很多房子上面写着"建于1500年、1600年"的字样，算算这些建筑迄今为止已经有500~600年的历史了。而这些房屋大多是木质建筑，外墙的木质材料呈深褐色，虽然有历尽沧桑的痕迹，但是房屋窗台上鲜花盛开，一派生机勃勃的景象。我们很感慨，这么成片的传承几百年的老宅，在经过一战、二战战火蹂躏过的德国已经比较少见了。

第十五章 | 秋游伯尔尼高地（六）

◎少女峰（Jungfrau） ◎劳特布伦嫩（Lauterbrunnen）

今日是本次伯尔尼高地游的重头戏——登少女峰。登少女峰常规有两条线路，一条是从格林德瓦搭乘高空缆车上下少女峰，另一条是在因特拉肯乘坐高山齿轮列车上下少女峰。当然最佳推荐路线就是环线，即因特拉肯Interlaken→格林德瓦Grindelwald→小夏戴克Kleine Scheidegg→少女峰火车站 Jungfrau或者因特拉肯Interlaken→劳特布龙嫩Lauterbrunnen→小夏戴克Kleine Scheidegg→少

女峰火车站Jungfrau。这条环线上下少女峰，好处之一是经过不同的区域，可以看到不同的风景，出门就是为看风景，当然多多益善；好处之二是不同的体验，一边是高空索道缆车，一边是高山齿轮列车，会带来不同的感受，乐哉乐哉！

经过比对和考虑，我们最终选择环线上下少女峰。清晨，从因特拉肯乘火车到格林德瓦，然后搭乘格林德瓦高空索道缆车到达少女峰火车站。一路向上的缆车穿行于云海之中，似有腾云驾雾之感。缆车掠过的山谷时而像一位娇羞的新娘，披着白色的婚纱，让人们看不到她美丽的容颜；时而像一个活跃的运动健将，展现各种英姿。我们用相机记录了这一美妙时刻。

到达少女峰火车站后，我们乘坐齿轮火车登上少女峰顶。少女峰铁路是一条全长9.3千米的齿轨铁路，从小夏戴克（Kleine Scheidegg，海拔2061米）到欧洲最高的火车站少女峰山坳（Jungfraujoch，海拔3454米），海拔差1393米，轨距1000毫米。这条铁路80％的路段在长达7122米的少女峰隧道内，隧道位于艾格峰和僧侣峰的山体内，最大坡度25％。这条9.3千米长的隧道路过海拔2320米的艾格冰河（Eigergletscher）、海拔2864米的艾格石壁（Eigerwand）以及海拔3158米的冰海（Eismeer）三个车站。在艾格石壁以及冰海两个车站，列车分别停留5分钟，我们在这两站都随人流下了车，从车站落地式大窗向远处眺望，一睹了阿尔卑斯山脉上最长和最大的冰川——美丽壮观的阿莱奇冰河（Aletsch Glacier）。现场游人不由得惊叹造物主鬼斧神工的力量。

终于到了我们朝思暮想已久的少女峰峰顶，列车停靠在海拔3454米的少女峰火车站后，我们随人流下车，进到山顶建筑群，开始了探秘之旅。最先映入眼帘的是大厅呈180度的巨大落地窗，冰川和雪山峰呈现在我们面前，人们急不可待地奔向落地窗，拍视频拍照片忙不迭。我们不急，等人群拥挤过了，再慢慢欣赏。终于到了少女峰峰顶，可以零距离接触少女峰和冰川，此刻的感觉仿佛就是把珠穆朗玛峰踩在脚下那般万丈豪情。

　　观看少女峰全景电影是必选项目，时长4分钟，360度荧幕全方位立体观看少女峰全景，除了震撼还是震撼，少女峰就是上帝的杰作、人间的奇迹。

　　我们乘电梯直达少女峰最高观景台，在铁栏杆围成的阳台上，寒风凛冽，一片银白色的世界在眼前铺展开来——少女峰四周数十座雪峰一一在目。在这里，你还可以尽情拥抱阿莱奇冰川，触摸冰雪瀑布，切实感受阿尔卑斯山脉的魅力。

　　狮身人面像露台（海拔3671米）是位于少女峰顶部的一片冰雪世界。站在这里，阿莱奇冰川赤裸裸地呈现在你面前，阿莱奇冰川主体部分全长24千米，面积为171平方千米（遗憾的是冰川每年都在缩小）。这条上万年的冰川已经被列入联合国《世界遗产名录》中。瑞士国旗在蓝色的天空中高高飘扬，露台中央还有一面瑞士国旗专供人们展开拍照。我们站在雪地里大口呼吸着阿尔卑斯山冰川的气息，感受它的脉搏。眼前的冰块上被推挤而成的裂纹就是几千上万年冰河活动的痕迹。随着全球气温的上升，眼前这一奇观不知还能保存多少年。

　　最有看点的冰宫（Eispalast）位于少女峰观景台下20米处，由长长的走廊
通向洞穴状的房间和大厅。通过一扇蓝色的旋转门，走过一段蓝色的阶梯，
再一路向前，你便会来到冰宫。头顶的岩石变成了一片冰川，整座冰宫都是
使用冰镐和冰锯手工完成的。此洞穴需要冷至-3℃，拱形天花板和拱门走廊
须定期重新雕刻。"越短暂的东西越美丽。"少女峰冰宫真实印证了这点。
20世纪30年代，登山导游们凭借冰镐和冰锯在少女峰山体中央建起了走廊和大
厅，就成了冰宫的雏形。再后来，艺术家们各展才华，才有了今日的冰宫。当你
在这平滑如镜的冰雪世界中穿行时，时不时会眼前一亮，发现随处隐匿的艺术作
品——雄鹰、野山羊或猛熊如同刚刚被冻住一样，神态自然生动，栩栩如生。

　　从我们第一天进入伯尔尼火车站开始到今日身处少女峰之巅，到处都可
以看到"Jungfrau"（少女峰）、"Top of Europe"（欧洲之巅）的字眼，似
乎少女峰和欧洲之巅成了不可分割的组合。然而实际上海拔4158米的少女峰比

我们前天去的马特洪峰（Matterhorn，海拔4478米）还矮了320米呢，所以少女峰绝对不是阿尔卑斯山最高的山脉。事实上，位于法国和意大利交界的勃朗峰（Mont Blanc）海拔4810米，才是阿尔卑斯山脉第一高峰。那么少女峰怎么成了欧洲之巅呢？原来少女峰山顶火车站是全欧洲海拔最高的火车站（3454米），所以少女峰荣获了"欧洲之巅"的称号。

依依不舍告别了少女峰，我们搭乘专用隧道列车来到少女峰火车站，再转乘高山齿轮列车来到小夏戴克火车站。这一路上有很多健行的步道，喜好健行的人住上一周绝对没有问题，也有人骑越野自行车在专门的车道上骑行。我们乘坐的列车窗外不时掠过这些热爱高山运动的人们的身影。头上是皑皑白雪的山峰，下面是连绵不断的绿色山坡，阿尔卑斯山是运动者的乐园。

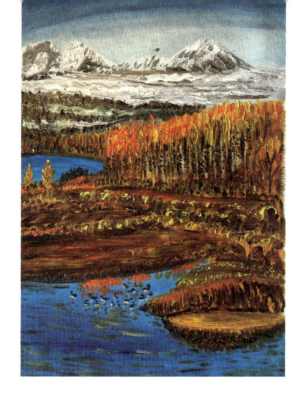

　　小夏戴克是通过温根阿尔卑斯铁路（Wengernalpbahn）连接格林德瓦和劳德本纳两个小镇的，它除了是温根阿尔卑斯铁路两端列车的终点站，同时也是少女峰铁路的起点。所以，这里是"火车迷"不可不停留的景点，光是红色外观的登山列车驰骋在阿尔卑斯山间的景象，就惹人连连惊叹："太美啦！"

　　我们的下一段列车是从小夏戴克到劳特布龙嫩（Lauterbrunnen），劳特布龙嫩意为"瀑布镇"。这个名字本身便暗示着这儿是雄伟壮丽的高山小镇。村子坐落在阿尔卑斯山脉一条壮观的山谷中，两侧是巨大的岩石和山峰。谷中有多达72条瀑布，从300米高的悬崖上飞泻而下，响声震耳欲聋。1779年，歌德游览了劳特布龙嫩山谷，这些排山倒海的瀑布激发了他的灵感，使他创作出著名的诗篇《水上灵魂之歌》。劳特布龙嫩山谷是瑞士境内最大的自然保护区之一，在这隐秘的绿色山谷中，点缀着五颜六色梦幻般的山间小镇，时值深秋季节，在通透如玻璃般的蓝天下，山坡树木呈现出五彩斑斓的色系，如波浪般连绵起伏层层叠叠。

回到因特拉肯我们没有按计划在维尔德斯维尔（Wilderswil）下车，而是直接坐到终点站——因特拉肯东站。前天，我们从施皮茨到因特拉肯是在西站下车，步行横穿半个因特拉肯到达马腾村，观光了因特拉肯小镇一半的风景。今天我们不仅要补上小镇另一段风景，同时还要游一游、看一看布里恩茨湖（Lake Brienz/Brienzersee）。因特拉肯小镇地处"上帝之眼"——图恩湖和布里恩茨湖之间，小镇西站连着图恩湖，连着东站布里恩茨湖。

　　布里恩茨湖被称为"瑞士最纯净的湖"。我们今天没有足够的时间在布里恩茨湖上泛舟，就在湖畔走走停停，看山看水，看人们水上泛舟，看人们湖畔漫步，也是十分惬意，是一种不可多得的享受。愿时间停止，让我们融入这蓝天碧水之中……

第十六章 | 秋游伯尔尼高地（七）

◎因特拉肯（Interlaken） ◎巴塞尔（Basel） ◎法兰克福（Frankfurt）

今日，我们将结束此次瑞士游——伯尔尼高地之旅。我们用过早餐后，再次花了两个小时徒步观光了这座美丽的小镇。

因特拉肯四季温和，湖光山色，环境优美，最适合各种休闲的活动与运动。同时因特拉肯也是有名的维多利亚式度假胜地，早在维多利亚时代，它就是令向往湖光山色的人士所倾心的一个城镇了。因特拉肯小镇的氛围是十分古老而充满文化气息的，无论乘火车、汽车还是船艇，经过连绵不断的高山湖泊后游客会深感突兀地进入一片洼地，因特拉肯小镇便展现在面前。

因特拉肯不仅拥有世界著名雪峰——少女峰，而且是坐拥两湖的城市。因特拉肯以东是布里恩茨湖，以西则是碧波荡漾的图恩湖。瑞士最壮丽的峰峦与冰川似乎都受着这两湖之水的孕育滋养，所以，因特拉肯被视为瑞士的发源地，也是世界各地人们到瑞士旅游的必游之地。

在因特拉肯的主干道何维克街（Hoheweg）上有一片名为"Hohematte"的宽广绿地，不论你何时从这片绿地擦身而过，都可以与远处的少女峰相遇。这片草地昔日为修道院的庭园，如今则禁止兴建任何建筑物，以防止破坏这片美丽的景观。

何维克大街两旁有不少高档的酒店、小资的餐厅与咖啡店、时尚新潮的时装店等。信誉卓著的瑞士名牌手表以及各种瑞士纪念品在这里都能买到。偶尔跳出来报时的布谷鸟时钟更使店面充满童趣。

踱步走过贯穿小镇的阿勒河（Aare River）大桥，建于1279年。沿河步行则可见到古老的教堂和市政厅。翁特赛恩城堡建于1656年，是镇上古老的建筑之一。一路走来，不知不觉之间两个小时飞逝而过，我们告别因特拉肯小镇的时候到了。

我们乘坐10:00的ICE高速列车从因特拉肯到巴塞尔，再转乘列车回法兰克福。列车从因特拉肯经施皮茨、图恩、伯尔尼、奥尔腾……到巴塞尔（Basel），全程约两个小时。从因特拉肯到图恩大约30分钟的车程，火车几乎一直行驶在图恩湖畔，蓝色的天空没有一丝云彩，秋末的山峦层层叠叠，五颜六色的山林倒映在波光粼粼的图恩湖水里，美不胜收。

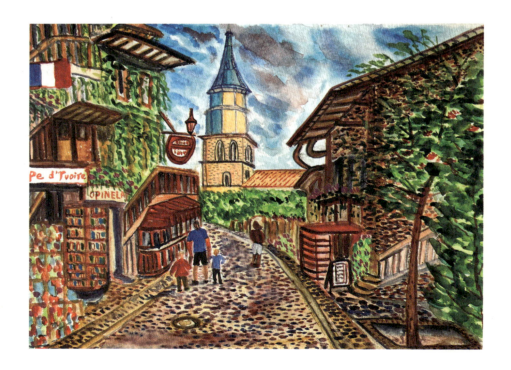

　　列车经过伯尔尼，高耸挺拔的伯尔尼大教堂尖塔、阿勒河大铁桥、那幢画满各种涂鸦的建筑和桥洞……沿途风景像宽银幕电影一般再一次一幕幕展现在我们面前。再往前就是奥尔腾，彩林的颜色更加绚丽多彩，绿色山坡上散放的奶牛悠闲地在吃草，雪山融化汇集而成的湖泊晶莹剔透，还有时不时经过的古堡、大教堂的尖塔……一路上，我们的眼睛几乎一刻也没有闲着，看不够伯尔尼高地的美丽风景。两个小时的车程转瞬即逝，正午时分我们来到了巴塞尔。因为有两个小时的转车时间，正好满足我对巴塞尔城先睹为快的愿望。

　　当初我跟女儿说要去巴塞尔，女儿说，巴塞尔就是个工业城市，有什么好看的？！我说你才不懂，巴塞尔美术馆是瑞士最大的美术馆之一，收藏有一系列被列入国家遗产名录的绘画作品。巴塞尔美术馆的历史可以追溯到1661年，当时巴塞尔市买下并收藏于此的一系列小汉斯·荷尔拜因的画作，使其成为瑞士最早的公立博物馆之一。目前其所有藏品横跨15世纪到现代的数百年。巴塞尔美术馆不仅有常设展，还有各种不定期的特展，所以只要有机会，我一定要专程且多次来巴塞尔看展。

　　网上有人说"巴塞尔最不像瑞士，就是用来转火车的"。这个观念我倒是有点认同，上次到苏黎世玩、这次伯尔尼高地往返都是在巴塞尔转车。巴塞尔火车站应该算得上我见过的瑞士最大最气派的火车站了，其实也称得上欧洲最大最气派的火车站之一。火车站大门外，巨大的广场上横七竖八的有轨电车轨道通向这个城市的四面八方。

　　我们此次在巴塞尔转车，停留时间有限，目标十分明确，从火车站步行穿过广场，一直向下往阿勒河畔走，去看大教堂、美术馆、阿勒河、大铁桥。经过美术馆，我们从广告牌上知悉，这里正在举办毕加索画作特展，看着人们从美术馆走出来心满意足的表情，我心里痒痒的，毕竟短暂的停留不足以让我饱眼福，只好忍痛割爱。巴塞尔我是一定还要来的，到时观看我倾慕已久的巴塞尔艺术博览会，那是我期待已久的一场视觉盛宴。

　　过了美术馆很快就到了阿勒河，河畔绿树掩映下的步行小道是人们观河看风景的最好去处。这里有推着婴儿车散步的一家老小，有牵手信步的小情侣，还有像我们这样匆匆而过的游人。下次来巴塞尔一定要在河畔坐下来好好看看阿勒河。

　　寻着高高耸立的教堂尖顶，我们到了巴塞尔大教堂。建于12世纪的哥特式建筑——巴塞尔大教堂（Basler Münster）是巴塞尔的主要地标建筑之一。这是一座红色砂岩建筑，有彩色屋瓦、两个小塔、"十"字形交叉的主屋顶。巴塞尔大教堂被列入瑞士国家遗产名录。在教堂塔楼顶，不仅能看到莱茵河以及巴塞尔的城市面貌，还能看见远处法国境内的孚日（Vosges）以及德国境内的黑森林（Schwarzwald）。在教堂的北侧有荷兰的人文主义者伊拉斯谟（Erasmus）的墓志铭。正面是大教堂广场（Münsterplatz），算是巴塞尔市中心的一个广场，也是该市最古老的广场之一。今日正逢周日，大教堂广场人来人往热闹非凡，大约在搞儿童游乐活动，只见过往的孩子们个个兴高采烈，手拿玩意儿边走边玩。广场周围林立着拥有数百年历史的房屋，完好地保存了中世纪建筑特色。

从大教堂返回火车站后，我们继续返程之路。登上从巴塞尔到法兰克福的火车，我发现列车已经座无虚席，有点人满为患的感觉了。看来新冠疫情正在过去，人们回归正常生活的日子已经不远了。

　　再见了，美丽的瑞士，希望不久的将来，我们还会再来！

瑞士吃住行

吃——民以食为天，出门旅游首先要解决的问题就是吃。我们虽然出国多年，时不时也在外面餐馆吃饭，但大多数时候我们都选择亚洲菜系，如泰国、韩国、日本、越南等，不太喜欢吃中餐，用我女婿的话说，外面的中餐大多不如妈妈做的菜好吃。瑞士的物价众所周知就是一个字"贵"，所以，我们解决一日三餐的原则就是在民宿厨房里吃早餐和晚餐，中午在外解决。瑞士火车站附近一般都有超市，所以每到一处我们先买好接下来几天的食品，早餐牛奶、鸡蛋、面包，配一些蔬菜沙拉，瑞士的牛奶超级好喝，不知道是瑞士全境都如此还是只有伯尔尼高地的牛奶特别好喝。先生每次出门都要带一些白糖，放在早餐的牛奶里，这次忘了带，结果发现瑞士牛奶自带甜味，并且是原汁原味的醇香牛奶。中午都在外面解决，碰到什么吃什么，时不时也可以吃到不太正宗的中餐。晚上回到民宿一定要吃一顿白米饭，配以炒肉末或者肉丝、生菜沙拉、西红柿鸡蛋汤等，方便快捷，吃得饱也吃得好，比起在外面餐馆吃饭，既省了钱，也吃得香。当然，有时候我们也在民宿附近的餐馆解决晚餐，尝尝当地的特色菜，那又是一种氛围、一种文化体验。

住——也是出游必备之选项。我们一般在Booking（国内译为"缤纷"）和Airbnb（国内译为"爱彼迎"）上订住宿，如果是住一个晚上我们通常在Booking上下单，这样订的多是酒店，原则就是离火车站近。一则我们都是搭乘火车出行，便于很快找到目的地；二则欧洲城市火车站就在市中心，并且是老城中心，从酒店出门就开始逛老城，省时省力。如果要做饭，就只能选择Airbnb民宿。这次我们原计划在图恩住一天、施皮茨住一天、采尔马特住一天，但在具体操作时发现瑞士Airbnb民宿标明的价格住宿50~80欧，附加每天的清洁费、服务费又是50~80欧，如果住一天算上住宿费、服务费、清洁费就一百好几十欧了。考虑到从施皮茨到图恩很近，我们可以选择同一个地方住；而采尔马特酒店太昂贵，我们去采尔马特就是为了看马特洪峰，从施皮茨去当天上山下山来回也还可以。这样算下来，我们最终决定在施皮茨住三天，把一天的清洁费和服务费平均分为三天，每天住宿大约就100欧，在可以接受的范围之内。后面，因特拉肯住两晚，清洁费、服务费加上也还好。

行——关于行要多说几句。行前我们研究了一下瑞士的交通和景点优惠政策，得到的信息是常用的有两种卡：瑞士通（Swiss Pass）和半价卡（Half Prise Pass）。前者主要考虑游城市，使用瑞士通所有的公共交通（火车、巴士、轮船）和美术馆、博物馆全免费，马特洪峰登山缆车半价，少女峰门票打7.5折。瑞士通分3天、4天、6天、8天几种，时间越长费用就越高。我们核算了一下，这次主要是看马特洪峰和少女峰，除了伯尔尼美术馆，我们不计划看其他博物馆，所以，买瑞士通卡不太合算。还有一种是伯尔尼高地卡（Berner Oberland Pass），网上很少有人介绍，我在伯尔尼火车站售票处详细询问了这种卡和半价卡的比较，最后觉得还是半价卡相对合算一些。半价卡顾名思义就是所有的公共交通和景点门票含上山缆车（含马特洪峰和少女峰）等均为五折。并且这种卡本身相对便宜，一个月120欧，虽然我们只待了7天，但事后估算了一下，还是节省了不少钱。总而言之，根据你在瑞士待的时间长短、游玩的地点以及内容来决定你购买哪一种卡更经济实惠。

另外还有一点特别提醒，如果德国朋友去瑞士一定不要用德国电话卡打电话或上网，那样你卡里的几十欧转眼间就没有了。因为瑞士虽然是欧盟申根国，但瑞士没有加入欧盟，德国电话卡到了瑞士就按国际电话来收费，当然费用就非常高。最好的办法就是在瑞士任何一个火车站找到瑞士电信营业厅，买一张瑞士电话卡，打电话每分钟0.19瑞郎，无线上网每天2瑞郎，既省钱又方便。

第十七章｜2022 再游瑞士——巴塞尔

◎巴塞尔（Basel）

　　也许每个人心里都会有那么一个地方，喜欢一去再去，而且想要走遍它的每一个角落，感受它的每一个春夏秋冬。而瑞士就是这样一个从我心灵深处不断发出呼唤，吸引我一去再去的国度。即使在过去二十年，我的足迹踏遍了欧洲东西南北数个美丽的国家，瑞士的山水以及如梦如幻的城市，也深深烙印在我的心底，让我一直盼望着一而再再而三去探访。去年金秋十月我们深度游了瑞士伯尔尼高地，所到之处几乎每一个画面至今都能在我的脑海中清晰浮现。于是，今年金秋十月我又安排了一次瑞士游。身边朋友们听说我又要去瑞士，很是诧异地问："不是才去过了吗？！""怎么又是瑞士？"

2021年的金色十月，我们秋游伯尔尼高地，以巴塞尔为终点，2022年我们再次秋游瑞士，以巴塞尔为起点。不少来过此地的国人朋友说"巴塞尔是用来转车的地方"。还有的说"在巴塞尔十分钟就能穿越三国"，说的是地处瑞士的巴塞尔紧邻德法，是三国交界的城市。在交接点处有一座火箭形状的雕塑，被称为"三国纪念碑"。上面刻有瑞士、法国、德国三个国家的国旗，火箭的三个侧面指示着三个国家的方向。

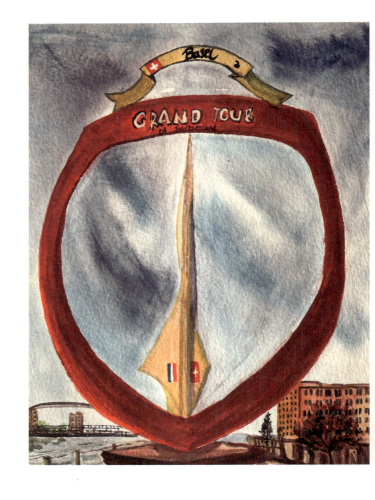

今晨8:50，我们从法兰克福总火车站出发，搭乘ICE275，历经两个多小时，于11:35抵达瑞士火车站——Basel Badischer Bahnhof（简称"Basel Bad Bf"）。站台上挂着德国与瑞士两国国旗，经查Basel Bad Bf是在瑞士巴塞尔的德国铁路车站。巴塞尔地处德法瑞三国交界之处，这个站台也算是一个明证。

我们入住的酒店海飞龙（HYPERIOR）就挨着Basel Bad Bf火车站，放下行李，我们直奔总火车站Swiss SBB，购买Swiss Pass（瑞士通卡）、Swiss Com

（瑞士电信）Sim卡，办理伯尔尼纳快车和冰川快车订座等一系列急需之事，为我们此次瑞士8日游做好一切前期工作。

　　接着来到了朝思暮想已久的巴塞尔美术馆。别看巴塞尔在国际上好像不是太知名，但巴塞尔美术馆（Kunstmuseum Basel）创建于1661年，是世界上第一座市立美术馆，亦是瑞士规模最大的美术馆之一。1980年，巴塞尔美术馆进行首次扩建，新建的一座当代艺术馆（Gegenwart）专注展示当代艺术收藏，这亦是世界上最早致力于该领域收藏的博物馆之一。2008年，巴塞尔美术馆进行第二次扩建，在主馆所在街区对面建立了一座新场馆（Neubau），两个场馆由一条地下通道相连。巴塞尔美术馆迄今为止共有三座建筑，收藏约4000件油画、雕塑、装置与影像作品，以及30万张素描与版画作品，年代跨越7个世纪。巴塞尔美术馆的版画与素描作品被认为是世界上收藏最珍贵的纸上作品最多的美术馆之一。

　　下面这段话是我在奥地利维也纳的一个学生的留言： "巴塞尔是艺术重镇，每年的'Art Basel'是全世界最重要的艺术品展览会。我以前读过一本书，里面讲了'Art Basel'的重要性，每年办展几乎是一票难求。书中还讲述了Cornelius Gurlitt的父亲是纳粹统治时期的一个艺术品交易商人，他是少数几个受政府委托处理被没收艺术品的交易商之一，他手上有数百件从犹太人那里收购的世界名画。Cornelius Gurlitt死后把所有这些画都捐给了巴塞尔美术馆。"此留言充分肯定了巴塞尔美术馆在欧洲乃至世界美术馆中重要且特殊的位置。

今日是巴塞尔美术馆新馆（Neubau）举行特展 "Picasso–El Greco" 的最后一天，我们好巧不巧正好赶上。毕加索名扬天下无人不知无人不晓，而埃尔·格列柯（El Greco）是何方神圣？知者甚寡。简言之，埃尔·格列柯是西班牙文艺复兴时期的画家、雕塑家与建筑家。走进新馆看展者众多，展厅完全可以用门庭若市、热闹非凡来形容。走进大厅，不需要介绍，一看这些色彩艳丽、人物形象极其夸张甚至扭曲的绘画作品，就是毕加索的大作。再来看看埃尔·格列柯的，与毕加索完全不同的绘画风格，人物形象趋于写实，埃尔·格列柯的绘画作品可以用精致来形容。

一般来说，欧洲各地的美术馆都有常设展和特展。在我所居住的法兰克福，其著名的施泰德艺术馆最近几年就举行了凡·高和雷诺阿特展，11月即将举行夏加尔特展。

在新馆看了特展，我们通过地下通道来到街对面的常设馆，也称为"主馆"，这里看展的人明显减少了许多，正合我意。展馆内的重要藏品包括阿尔布雷希特·丢勒的《大主教 Matthäus Lang 肖像》、大名鼎鼎的毕加索旷世之作《亚维农少女》的素描原稿，以及乔治·秀拉《打伞的女人》等世界名画。我更喜欢位于主馆二层的19世纪艺术展区，这里有大量的国际画家作品，介绍了从法国现代主义到印象派的发展与演变，最后以凡·高、高更、德加、雷诺阿等耳熟能详的印象派大师的作品收尾。虽然这些年我在欧洲各大美术馆尤其在巴黎橘园和玛摩丹美术馆看了很多印象派画家莫奈、马奈、凡·高、雷诺阿、德加等的画作，但是随着时间推移我的绘画鉴赏能力在逐步提升，看这些艺术大师的真迹亦有了不同以往的感受。

　　一直到下午6点闭馆，我才意犹未尽地告别巴塞尔美术馆。接下来是逛巴塞尔老城，巴塞尔的旧城区大致位于莱茵河与旧城门之间。这里有沧桑的石板路街道、古典的中世纪教堂、维护良好且小巧精美的旧房屋和色彩鲜艳的喷泉。走过这段古老的旅程，我细细品味古城几百年辉煌的历史和文化的轨迹，从丁格力喷泉出发，途经教堂广场，穿过中世纪古城曲折浪漫的小路，之后到达莱茵河码头，时间仿佛定格在了中世纪。

　　与欧洲其他古城一样，巴塞尔老城保存完好，丰姿依旧。漫步在巴塞尔老城高高低低石头路面的小巷中，我被各种各样的小店吸引。很多转角处的花店、礼品店都让我忍不住停留，随便走到哪儿，任意找个地方坐下来，都能感受老城历史的余韵。

　　巴塞尔大教堂（Basler Münster）是一座红色砂岩建筑，有彩色屋瓦、两座小塔、"十"字形交叉的主屋顶，被列入瑞士国家遗产名录。巴塞尔大教堂建于1019年—1500年，历时近500年，相比建筑时间长于600多年的德国科隆大教堂稍逊一筹。在长达5个世纪的建筑历史中曾几次改建与扩建，原始建筑为罗马式风格，公元1356年巴塞尔地震时，部分建筑与五座钟楼遭到毁坏，后来只重建了两座哥特式钟楼。

　　两座钟楼分别以格奥尔格（Georg）和马丁（Martin）命名，格奥尔格钟楼高约65米，马丁钟楼高近63米。教堂南面建有大小两个十字回廊，回廊暗红色的拱门与庭院碧绿的草地相映生辉，行走其中，仿佛踏入仙境。

大教堂背面临河处有宽阔的平台，这里是观景的好场所，平台上几棵大树的树叶已经发黄发红，在晚霞映照下呈现金色一片，下方莱茵河水缓缓流淌。提起莱茵河，人们便会联想到德国。其实，莱茵河起源于瑞士的阿尔卑斯山，并且是瑞士巴塞尔的母亲河。莱茵河上下游两端均架设了大铁桥，来往车辆十分繁忙。莱茵河两岸有步行小道，记得上次来巴塞尔，我们就沿着河岸步行道走了一段，感觉很有情趣。如今站立平台俯瞰莱茵河两岸建筑，高低错落的红色、褐色房顶在绿树掩映下分外耀眼。

　　刚才走在老城区，到处静悄悄的，游人很少，来到大教堂游人突然增多，仿佛一下子冒出来很多人。在平台上我们终于见到国人面孔，倍感亲切。

　　离开大教堂我们继续往市政厅方向走去。市政厅广场，耍杂耍的老人正在卖力地吹泡泡吸引孩子们。其实何止孩子们，我们不也喜欢，围着看得很起劲儿！

　　我们老远就看见红色外墙的巴塞尔市政厅（Rathaus Basel），市政厅位于广场一侧，紧邻步行街。这是一幢很漂亮的建筑，通体红砖镶嵌有黄绿蓝色的条纹，而且有一座高耸挺拔的塔楼直插云霄，使它从其他建筑中脱颖而出。巴塞尔市政厅院子里装饰得也很漂亮，白天和晚上都可以随意进入参观，在那里你会有不同的体验。正值周日，市政厅虽不对外开放，但并不妨碍我们在天井、楼梯、阁楼、回廊穿来穿去，自由欣赏，拍照留念！

　　市政厅旁边就是步行街，名品店一家挨着一家。礼拜天，商店都不开门，游人只能看橱窗解馋，劳力士、路易威登、香奈儿……"Window Shopping"正合我意，我们一家一家橱窗细细品味。名品街商品是现代的，但建筑却是古典的，瑞士不像德国，没有经过二战炮火的洗礼，随便一幢建筑的历史都是百年以上。无论我们在欧洲待了多少年，对于古建筑的兴致一点没有减少，为一幢一幢的建筑拍照留念，是我们游欧洲看欧洲的快乐所在。

　　夜幕低垂，坐在河畔长椅上，我们看着河水静静地流淌，两岸灯光闪烁，在水中倒映着五彩的建筑，思绪万千……

第十八章 | 2022 再游瑞士——卢加诺

◎卢加诺（Lugano）

我们本次瑞士行的第二站卢加诺（Lugano）位于瑞士最南端，紧邻意大利城市科莫（Como）和瓦雷泽（Varese），属于意大利语区城市，官方语言是意大利语。

卢加诺是瑞士度假胜地提契诺州（Ticino）最大的城镇。它不仅仅是瑞士第三大重要金融中心和会议、银行业以及商务中心，还是一座公园化城市，处处树木葱茏、鸟语花香，别墅庭院与宗教建筑林立，具有浓郁的地中海风格。卢加诺既拥有一座世界级城市的规模，同时又具有十足的小城镇悠闲典雅的特色。

若选一张照片作为卢加诺城市的明信片，是件令人左右为难的事情。雄伟壮观的大教堂？充满意大利伦巴第风情建筑的步行街？古典优雅的歌剧院？现代时尚的艺术和文化博物馆？太阳落山时波光粼粼的卢加诺湖？卢加诺山美、水美、人文美、建筑美，张张照片都是经典。

一方水土养一方人，卢加诺的典雅与温润离不开同样温润典雅的卢加诺湖（Lake Lugano/Lago di Lugano）。卢加诺湖是瑞士与意大利两国交界处的一个湖泊，位于马焦雷湖和科莫湖之间，是一个知名的观光度假地。

我们住的酒店建筑虽不起眼，但透过房间窗户可以看到蓝莹莹的卢加诺湖水，也算景观房啦！

清晨醒来，我们迫不及待出门看卢加诺湖。

晨曦中，宁谧的卢加诺湖，蓝莹莹的湖水像一块蓝宝石镶嵌在大地上。天色渐渐亮起来，东方开始发白，太阳即将从山后面升起！人们从睡梦中醒来，新的一天开始了。卢加诺湖畔有跑步的、遛狗的、骑自行车的，当然少不了我们这样看湖赏景的游客……

卢加诺地处卢加诺湖北部的一座水湾之中，周围环绕着重重青山。卢加诺东面的布雷山（Monte Brè，海拔925米）、西面的圣萨尔瓦托雷山（Monte San Salvatore，海拔912米）和东南岸的杰内罗索山（Monte Generoso，海拔1701米）等都是来自世界各地的人们喜爱的旅游胜地，也是无数登山爱好者青睐的徒步路线。

　　大约上午9时许，我们搭乘缆车登顶卢加诺西面的圣萨尔瓦托雷山（Monte San Salvatore）。缆车站悬挂着五彩缤纷、迎风飘扬的万国国旗，木头房屋色彩斑斓，场面浪漫而壮观！

　　全封闭的厢式缆车宽敞明亮、舒适安全。缆车在铁轨上运行，缓慢上山。随着缆车升高，卢加诺城和卢加诺湖在我们面前展开。那层层叠叠依山势而建的房屋别墅掩映在青山绿树之间，那一汪看不到尽头的湖水像一块镶嵌在大地上的宝石，上帝在这里打翻了调色盘！人们口中发出阵阵感叹。因山势陡峭，大家中途换乘了另一辆缆车，前后两段缆车运行时间十来分钟，才到达终点站——圣萨尔瓦托雷山顶。

　　山顶缆车站上偌大的广告牌很醒目，当地政府用七国文字（英、德、意、法等）写着相同的内容，中文是："圣萨尔瓦托雷山，卢加诺之巅，自1890年以来，令人思绪万千。"看来这个缆车站已有百年的历史了，百年来运送了多少人上下山呀！

　　矗立山顶，俯瞰卢加诺湖，一览四周群山，果真令人思绪万千……

　　欲穷千里目，更上一层楼，我们随着人流向山顶电视塔攀登。观景台下方的房顶上矗立着的十字架分明在告诉过往人们：这是上帝眷顾的地方！

　　我们一口气登上山顶，山顶观景台边矗立的罗盘上依稀可见"Lugano 1902"的字样，这是一个值得记载的历史瞬间，是罗盘设立的时间还是电视塔（或电信塔）建立的时间？我们不得而知。

在山顶上我们通过录视频记录整个卢加诺全景：五彩斑斓的城市、深蓝绸缎似的卢加诺湖被青翠的群山环绕，美得令人窒息！每当我观看视频，再次感受那真实的场景时，激动的心情仍然久久不能平复。

我们坐缆车下山后搭乘游轮，畅游卢加诺湖。卢加诺城依山而建，家家户户面朝大海，春暖花开，这里不仅有山有水，也有诗与远方！

游船驶过卢加诺湖的水面，蓝莹莹的天，蓝莹莹的水，秋阳当空，微风吹拂，我的思绪在飞……乘船巡游是感受整个卢加诺地区多样性的绝佳方式：华丽的贵族宅邸、岩石圣母教堂（一座重要的文艺复兴时期建筑）、建于浪漫主义晚期（在湖上可以欣赏其美丽的全景）的莫尔科特钟楼，还有卢加诺湖畔精致古雅的小渔村刚德里亚，都令人流连忘返。

　　游湖毕，我们来到卢加诺湖畔的市立公园（Parco Civico）享受一种闲适的气氛。Belvedere 花园里有美丽的鲜花、绿茵茵的草地、数不胜数的亚热带植物以及现代艺术雕塑作品。设立在湖畔的大型装饰立牌"Stra Lugano"吸引游客在此合影留念。

　　在这里每个人都在做的事情就是悠闲看湖、会友聊天，尽情享受大自然慷慨的赠予。

　　我们登了山，玩了水，逛了湖畔花园后，来到卢加诺艺术与文化中心观看画展。两场特展，大饱眼福。

　　第一个展厅举行的是瑞士提诺契州百年画展（1850—1950），这个百年正是以马奈、莫奈为代表人物的印象派和以凡·高为代表的后印象派在欧洲大行其道的年代，同时代的画家们多多少少都受了这些大师们的影响，画作大多带有印象派、后印象派的绘画特色。我喜爱莫奈、凡·高的绘画风格，钟情瑞士的山水风光，自然爱上了展品中表现提诺契州山水的风景画。

　　第二个展厅陈列的是艺术家保尔·克莱（Paul Klee）的作品。他是瑞士知名画家，去年我在伯尔尼美术馆看了他的一场特展，印象非常深刻。这次画展中的画作给人的感觉是：充满童真、童趣。也许观看者心中都会有一个想法：自己也可以拿起画笔试一试？！大多数观者是老师带着学生，老师边看展边讲解，学生有高中生、大学生也有小学生。这样的观展形式在欧洲国家很常见，对培养儿童青少年的审美意识和提高审美能力很有帮助，值得国内美术老师借鉴。

在卢加诺艺术与文化中心观展还遇到一个小小的插曲。当我们快走到中心大楼时，突然听见大楼方向传出一阵噼噼啪啪的声音，既像是放鞭炮也像枪声，对面一堆警察。我们以为是当街抓坏人，心跳加速。定睛细看又不像，现场的人们没有什么紧张气氛。走近一看，原来是在拍电影（或电视）。

再往前走，就来到具有悠久历史意义的卢加诺步行商业区，充满意大利伦巴第风情的建筑、别具特色的博物馆、地中海特色的广场和拱廊……无不盛情地邀请你一起来观赏、购物。劳力士、路易威登、普拉达……世界名牌应有尽有，店堂都装饰极具美感。即使不购物，这里也是人们开阔眼界，享受时尚视觉盛宴的最佳地点。

卢加诺老城依山势而建，步行街往上延伸，两旁均是大大小小的店铺，各种商品应有尽有。我们选择搭乘市内交通缆车，登高上到火车站，欣赏卢加诺全景。然后步行往下，看教堂，逛步行街，再回到湖畔。

站在卢加诺火车站，就可俯瞰卢加诺圣·劳伦斯大教堂（Cattedrale di San Lorenzo）。

同样不可错过的是圣玛丽亚·德利·安吉奥利教堂（Church of S. Maria degli Angioli），它是卢加诺最著名的教堂，有文艺复兴时期的艺术家贝纳迪诺·路尼（Bernardino Luini）的壁画作品。走进教堂，一阵悠扬的钢琴声和美声唱法的女高音回荡在教堂里。我寻着歌声走去，看见在大讲坛

后面一个十几岁的金发女孩正在歌唱，一位老者为她钢琴伴
奏，时不时停下来讲着什么。看得出来，老者不仅在进行钢
琴伴奏而且在指导女孩唱歌。多么美妙的歌声，多么美好的
画面。

改革广场（Piazza della Riforma）是市政厅所在的卢加诺主广场。夜幕降临，四周餐馆灯火辉煌，人们在品尝美食的同时享受晚间会亲交友的快乐时光。

夜色苍茫，经过灯火阑珊的卢加诺艺术与文化中心时白日里人来人往的中心广场已经安静了下来。

湖畔，从白日的喧嚣中渐渐沉寂。

我愿坐下，静静享受这美好的时刻。

第十九章｜2022 再游瑞士——库尔

◎库尔（Chur）

　　库尔（Chur）是格劳宾登州的首府，瑞士最古老的城市。库尔的历史可以追溯到5000年前，在罗马时期关于早期石器时代和青铜器时代的考古发现和出土文物中都可以找到相关记载，拥有800年历史的主教府邸附近的大教堂也是一个很好的物证。

来库尔之前，我对库尔并无了解，也没有探访库尔的打算。但这次去瑞士东线城市——圣莫里茨、达沃斯、圣加伦等地旅游，意外发现我们乘坐的列车来来去去都在库尔转车，我们几乎每一天出行都与库尔擦肩而过。库尔成为冰川快车、伯尔尼纳快车和阿罗萨快车都要经过的车站，从库尔可以通往瑞士全国各地。

我们原计划乘坐伯尔尼纳快车从卢加诺去圣莫里茨，这趟快车是连接瑞士库尔与意大利蒂拉诺的豪华旅游观光列车，从北到南穿越瑞士阿尔卑斯山脉。其大部分路线经过世界文化遗产雷蒂亚铁路阿尔布拉–伯尔尼纳路段风景。但当我们到了瑞士巴塞尔总火车站办理订座手续时，却被告知客满（伯尔尼纳快车全程需要订座）。原以为现在既不是冬季滑雪期也不是夏天旅游旺季，提前几天订票就行，结果落个空。

　　遗憾之下，我们选择乘坐普通列车。售票员告诉我们可以搭乘火车从卢加诺到苏黎世，再到库尔，由库尔转车去圣莫里茨，路程绕了不少，时间自然长了好多。但凭我们的经验瑞士列车宽敞明亮、舒适整洁，何况现在时段乘车人很少，四个座位或者八个座位的包厢只有我们俩。加上瑞士山地风光特别漂亮，车窗外就是一幅幅浓郁的油画，乘车仿佛观赏移动的画展一般惬意。

　　后来我们发现普通列车也经过和伯尔尼纳快车相同的引人入胜的路段，从随风摇曳的棕榈树亚热地带一路驶向白雪皑皑的冰川地带，翻越高达65米的兰德瓦瑟高架桥。这座高架桥是雷蒂亚铁路线上入选联合国教科文组织《世界遗产名录》的标志性建筑。当然，普通列车的车厢与伯尔尼纳快车全景观车厢是不同的。不过没关系，我们两天后要乘坐同样的全景观列车——冰川快车，享受同样规格的车厢环境和全方位的观景视角。

　　综合考虑之下，我们决定在库尔转车时停留几个小时，正好去探寻这座瑞士最古老的城市。不承想库尔给了我们一个意想不到的惊喜。

　　上午9时许，从卢加诺出发，经苏黎世，大约中午时分到了库尔，下车寄放行李箱后，开始我们的古城半日游。

库尔古城四周环绕着群山，远处可见山顶的皑皑雪峰。再过半月，当秋意更浓的时候，五彩缤纷的山林会把古城装饰得更加妩媚动人。

　　历史上这里曾是瑞士重要的贸易关口和进入阿尔卑斯山脉的必经之地，曾先后被凯尔特人、罗马人、东哥特人和法兰克人统治。现如今，这座历史古城仍保留有各种各样的文化活动，十分热闹。

　　火车站正对面就是老城，步行街入口处有一座十几米高的雕塑，设计动感，趣味横生！步行街上现代建筑一幢接着一幢，显示此地商业活动十分发达。色彩艳丽的公交车在大街上来来往往。正值中午，街头咖啡店才刚开门，还没有多少客人，到了傍晚时分这儿一定是人声鼎沸，那是市民们交友会客、谈天说地的最佳地点。

远远看见一幢古典大楼，我说肯定是库尔市政厅，走近看了红色立牌上的介绍得知，这就是开发营运伯尔尼纳快车的雷蒂亚铁路公司的行政大楼。这幢建筑是圣莫里茨建筑师尼古拉斯·哈特曼于1907年至1910年建成的。

　　街道两旁建筑上随处可见迎风招展的瑞士国旗，这是我们所到的瑞士城市小镇的一个共同点。在德国，只有市政厅或重要场合才会悬挂国旗，即使在世界杯期间，也只有球迷会在屋外悬挂国旗。

　　大街小巷走来，随处可见古香古色的建筑。我们看到街头一尊雕塑——石头基座上是一个踩着飞轮的女孩铜像，上面有刻字"Die Zeit Fliegt Dahin"（时光飞逝）！是呀，人类5000年，宇宙一瞬息！

　　漫步在蜿蜒盘桓的鹅卵石小径上，你会与拥有色彩斑斓的彩绘外墙的古建筑、隐秘深居的庭院、精美华丽的挂钟，还有建于15世纪牢固坚实的圣·马丁教堂（St Martin`s Church，其彩绘玻璃由瑞士抽象艺术先锋奥古斯都·贾科梅蒂创作完成的）不期而遇。

　　一幢桁架结构建筑引起了我们的兴趣，走进去一看我们曾经熟悉的CCTV标识居然出现在库尔这座老建筑的邮箱上，难道说CCTV在此办公？我们绕着院内建筑仔细打量，没有发现任何与CCTV有联系的痕迹，也没有遇到任何人。后经查证得知：CCTV是闭路监控摄像头的意思，这种标识提示此处有摄像头。在欧美西方国家无论是政府还是个人都不能随意安装摄像头，我们在德国的住处发生过车库汽车被盗的事件，有住户提出在车库安装监控摄像头，后经全体业主投票否决了此提议。

我们继续探寻古城奥秘，终于找到了具有800年历史的主教府邸大教堂。大教堂是经过整修的，比较新。大教堂外广场中央矗立着一尊雕塑，应该是圣母玛利亚抱着婴儿耶稣的全身座像。广场四周都是古建筑，库尔历史博物馆就在一旁。

走进教堂，感受岁月的沉淀，教堂顶部与四壁均是精美的雕塑与绘画，令人叹为观止，目不暇接。这些身披盔甲、佩戴神器的雕塑四周环绕着神兽，历史久远，铜雕表面已经被摩擦得油光锃亮。那些石雕神像寓意深刻，有男有女，脚下踩着石雕神兽。教堂玻璃花窗上的每一幅图案都在讲述着《圣经》人物或《圣经》故事。高高的墙上一些残存的湿壁画，有些部分已经残缺，画面色彩比较暗淡，很有岁月感。

出了大教堂走不了几步，又是一座矗立于山坡上的教堂，教堂尖顶直插云天。这里只要有村落的地方，无论大小，一定有一座教堂。这就是瑞士，这是一块上帝特别眷顾的地方！路过莱蒂施博物馆（Rätisches Museum），这是浓缩了库尔5000年历史的博物馆，再怎么匆忙也应该进去看看。在这座博物馆里你能亲眼看到多件极具吸引力的历史珍品，古兵器以及一些库尔历史人物的肖像。

　　库尔在凯尔特民族统治之后被罗马统治，5世纪时成为司教领地，12世纪开始，库尔司教领地作为神圣罗马帝国的一部分繁荣起来。现在我们仍能从石壁环绕的老城中看到十四五世纪的街景。绘于街道地面上的"红色脚印"和"蓝色脚印"的标记是旧街道观光的向导，跟随它，你可以发现这座城市里蕴藏着丰富的文化遗产。

　　时间飞逝，匆匆一瞥，很快就到了该跟库尔说再见的时候了。我们再次搭乘火车前往圣莫里茨，又开始令人憧憬的瑞士最美的火车旅程。

第二十章 | 2022 再游瑞士 —— 圣莫里茨

◎圣莫里茨（St.Moritz）

今天从卢加诺出发经苏黎世、库尔，傍晚时分到达目的地圣莫里茨（St. Moritz），沿途风光无限，所有辞藻形容都苍白无力。用画笔来描绘，估计也只能表现百分之几的美景。唯有用眼去欣赏，用心去感受！

一路赏景一路放歌，傍晚时分我们到达了圣莫里茨。

　　圣莫里茨是全世界仅有的三个举行过两次冬季奥林匹克运动会的城市之一。圣莫里茨还是1934年、1948年、1974年、2003年和2017年阿尔卑斯世界高山滑雪锦标赛的举办地。

　　圣莫里茨有着数项纪录：150年前，冬季旅游诞生于此；瑞士第一盏电灯、第一部轻轨电车、格劳宾登第一部电话、第一场高山高尔夫球赛、第一家阿尔卑斯节能酒店等都诞生于此。

圣莫里茨有着八家五星级酒店，是世界上豪华酒店密度最大的城市之一。这里的高端公寓价格也跻身世界前十房产之列。许多富豪、政客、皇室成员每年都固定来这儿度假。当然，每到冬季，圣莫里茨就成了滑雪爱好者的天堂。

　　来到圣莫里茨，在火车站玻璃窗上看到这个图像，眼前一亮，Logo是太阳神的意思吗？"St Moritz Top Of The World"（圣莫里茨世界之巅）！后来在圣莫里茨巴士站、商店、山顶缆车站……随处可见这个太阳神的Logo或者"Top Of The World"的字样。行走在圣莫里茨，慢慢地，我开始理解了"世界之巅"的含义。圣莫里茨被称为"太阳城"，一年365天中大约有300天阳光普照。

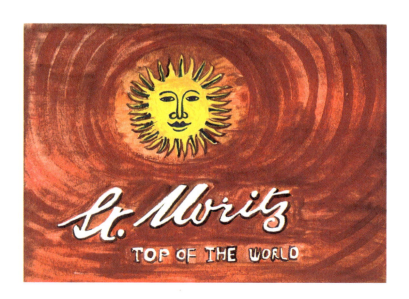

圣莫里茨分为两部分，一是巴德区（Bad），一是多夫区（Dof）。巴德区位于湖的西部，地势较低，多是住家建筑；多夫区既是老城区也是商业区，在湖北部的半山上。从巴德到多夫的最佳路线莫过于圣莫里茨湖边的绿道，游人可以一边散步一边欣赏倒映在水中的山影，不知不觉就到了一个伸入湖中的平台，从平台走进大门，再乘自动扶梯一路往上就到了市中心繁华的商业街。

我们住的民宿公寓在巴德区，窗外是郁郁葱葱、层峦叠嶂的山林。吃过早餐我们就出门去逛多夫商业街，开始我们的圣莫里茨探秘之旅。

商业街不很长，路两边古老的建筑里开着一家家名品店。老城中心广场旁有许多餐厅和咖啡馆，豪华的赌场大楼就矗立在中心广场最中心的位置。市中心300米长的名品街Via Serlas有超过50种世界奢饰品牌，新品更迭速度甚至超过时尚之都巴黎。我和先生对着一个橱窗里的装饰看了许久，那是英国足球明星贝克汉姆为一个瑞士品牌的名表做的广告——只见超级帅哥贝克汉姆左手半插在裤兜里，手腕上一款男士手表金光闪闪，不过最吸引我们眼球的是他的文身。

这个店铺门外的雕塑也很有意思，一个衣衫褴褛的男人手提一个箱子，胸部到大腿之间完全是空的，整个身体像是悬在空中一般，实在惹人惊叹。

逛名品街时我们不期而遇了一家画廊，画廊里的山羊头人形身图画深深地吸引了我！这些图画里，这个人物形象姿态各异、变化多端，很有创意，我和先生都很喜欢。山羊大叔的躺平姿势十分标准，很受游人喜欢，不少人驻足拍照。"躺平文化"大约是21世纪的世界潮流，无论东方还是西方，概莫能外。

　　我们一路观街景，到了火车站，车站下方是圣莫里茨湖（Lake St.Moritz）
的另一端。圣莫里茨湖坐落在圣莫里茨镇边缘、火车站南侧，是恩嘎丁山谷中
最为重要的湖泊之一，其东侧和南侧拥有大片的林地，湖畔成了小镇最为迷人
的观景点。圣莫尼茨湖不像日内瓦湖大到像海一样的无边无际；也不像苏黎世
湖被房屋、围栏阻隔，不能随意亲近湖畔。圣莫里茨湖有环湖步道，让你看得
到湖水，也摸得着湖水。

　　我们原以为像在苏黎世湖、卢加诺湖那样可乘游船看湖，仔细看看并没有
找到游船码头的痕迹，只有几条小船拴在湖边。圣莫里茨湖没有交通船和观景
游轮，只有私人帆船。湖面上时不时点缀着驶过的白帆，与山顶上未融化的白
雪遥相呼应，自成一幅美丽的风景画。此时从四周山林中飘散出淡淡的雾气，
不同于以往色彩瑰丽的油画，眼前一幕倒颇有中国山水画的韵味。我们循着湖
畔步道继续前行。有一半的环湖步道是可以骑自行车的，时不时就有自行车从
身旁呼啸而过，看得我心里痒痒的，也想来一场环湖自行车游。

　　圣莫里茨于1928年和1948年两度举行冬季奥林匹克运动会，到了圣莫里茨我就开始寻找曾经的冬奥会会址。我找到火车站问询处说明我的想法，工作人员很热情地给我一张城市地图，用笔圈出来"Olympia Stadion 1928/1948"。我们兴致勃勃地按图索骥开始寻找奥运遗址之旅。我们搭乘6路巴士，然后步行，辗转来到地图上标出的地址，只见一片陡坡杂草丛生，四周山坡上有一些建筑，但丝毫没有什么大型运动场馆的痕迹。我埋怨严先生找错地方了，但他说Google Maps指的就是这个地点。我们争执不下，怏怏而归。对此事我一直耿耿于怀，后来终于在街上咨询了一位当地人，当我拿出地图说明缘由，他告诉我，地点没错，那里就是当年举办过两次冬奥会的场馆所在地，不过70多年过去，斗转星移，当时的场馆早已经没有了踪迹。

　　后来我们搭乘缆车登到圣莫里茨山顶最高处，看到了宣传画 "Alpine World Ski Championship St. Moritz 2017.2.6—2.19"（圣莫里茨高山滑雪世界锦标赛，2017年2月6日—19日），这里是五年前举办盛大国际赛事的地方，算是圆了我寻找冬奥场馆之梦。

　　中午时分，太阳从厚厚的云层中穿出，天空渐渐露出了蓝色。我们急忙奔去缆车站，搭乘缆车上山顶，登高望远望圣莫里茨城、圣莫里茨湖和圣莫里茨群山，顺带来个山顶徒步！

　　随着缆车上山，圣莫里茨的全景在我们眼前展开。

　　上到山顶，步出车站，一瞬间工夫，蓝天突然消失，大雾不期而遇，慢慢地整个山顶置于浓雾之中。当我拍完照转身，差点找不到缆车站，近在咫尺的偌大缆车站居然隐于大雾中，不见了踪影。先生说："你看看多危险！雾天一定不能到处乱跑，尤其在这样人地生疏的山顶。"

　　突如其来，雪花飞舞，山区的气候真是变幻莫测，一会儿蓝天白云，一会儿大雾弥漫，一会儿雪花飘落，不到一个小时工夫，我们经历了春夏秋冬四季风云，算是一次惊心动魄的人生体验。

今日，在圣莫里茨登山、看湖，逛名品街，不知是不是这几天瑞士山水看多了，感官产生了审美疲劳。

登山返回市中心后，我们去看了一个圣莫里茨贝瑞博物馆（Berry Museum St.Moritz）。行前准备旅游计划时，看到网上有人说，圣莫里茨有一场画展，展品大多是表现圣莫里茨当地自然景观的，雪山尤其传神。我心有所动，今日终得一见，感觉不错！

站立在贝瑞画作之前，画中的场景太真实了，只不过绘画更多表现的是冬季的圣莫里茨雪山，且画中的人物和马车离我们现在生活的年代比较久远。如今来圣莫里茨的人，一是富商，二是滑雪运动员和滑雪爱好者，当然也有我们这样"打酱油"的游客。

过去我很少画雪景，一则因为我生活的地方无论是中国成都还是德国法兰克福都不是常常下雪的地方，二则觉得雪景比较单调画不出很漂亮的作品。今日，站在贝瑞大量雪景画作之前，被作品巨大的表现力所折服，仔细品味和思考怎么着笔的同时，似乎也从大师的作品中领悟到了一点画雪景的真谛。雪可以不是白的，它飘在天上时也许是白的，但落在地上、铺在田野、山冈、树林上时可以是五彩缤纷的，通过太阳光的反射，赤、橙、黄、绿、青、蓝、紫各种颜色都反射在雪地上，所以雪地也可以是五彩斑斓的，此刻的我已经有些迫不及待跃跃欲试了！

贝瑞博物馆的地址是一幢百年老建筑——阿罗娜别墅。别墅完全按主人生前的模样保存。贝瑞（1864—1942）全名 Peter Robert Berry 出身医学世家，贝瑞早年也曾是圣莫里茨的一名医生，后来对绘画产生浓厚兴趣，成为画家。别墅的书房里满壁书架全是书籍，客厅宽敞温馨，花园里花草繁茂、生机盎然。在画室里，贝瑞绘画的工具、颜料、画架和画板被一一呈现在游人的眼前，栩栩如生地再现了贝瑞当年绘画的情景。我想，如果一个人坚持做一件事数十年，不是为了生存的需要，那他（她）一定是出于喜欢，甚至是深度的迷恋，而这样的人极有可能成为大师名家！

如果你爱高山、湖泊、滑雪、健行、爬山、骑自行车，那么你一定会喜欢圣莫尼茨。只有当你来到这里，融入这一片令人心旷神怡的群山、湖泊、建筑、人文中，你才会感受到这个宁静闲适的小镇散发着的无穷魅力。

第二十一章｜**2022 再游瑞士——达沃斯**

◎达沃斯（Davos）

　　达沃斯（又译为"塔沃"，Davos）位于瑞士东部格劳宾登州（Graubünden），是一个旅游度假胜地。达沃斯被认为是阿尔卑斯山脉规模最大、海拔最高（1529米）的度假村。

　　在准备此次瑞士行程时，关于到不到达沃斯的问题上，我和先生起了争执。我说："达沃斯是世界经济论坛的举办地，一定得去！"先生说："又没人请你去出席会议，你去凑什么热

闹？！"我说："达沃斯是滑雪胜地、高山徒步的天堂！"先生讲："你不滑雪，也不是高山徒步的拥趸，为什么非得去那么遥远的地方徒步？！"

如果我说想去看达沃斯湖，那就更不是理由了。我们这几年几乎去过瑞士东南西北各大城市的小镇，看过无数叫得上名或叫不上名的大小湖泊。说一千道一万，达沃斯我必须去，没商量！最后的结果，达沃斯，我终于来了！

首先说说我们在达沃斯住的酒店，一个被称为"Hard Rock"（硬石，硬摇滚）的酒店。我们一到酒店大厅，就免费听了一场高水平的摇滚演奏。酒店前台与音乐大厅合二为一，震耳欲聋的声音回荡在整个大厅里。我一边费力地仔细辨听前台女士对我讲的话，一边按她的要求办着入住酒店手续，填写姓名、住址、电话、邮箱，以及缴纳瑞士旅游人头费（这个费在酒店收费之外，根据入住酒店所在城市的要求缴纳费用不等）。

你看，前台女士正在快速地帮我办理入住手续，头发都随着音乐飞起来了！

9月30日（正是我们入住酒店的日子）有一场"On The Rocks"的摇滚音乐会，是这个音乐季的最后一场大戏。来得早不如来得巧！

电梯按钮显示酒店有会议厅（Meetingroom），且多达一层楼的房间。我立即来劲儿了，说不定这里也是世界各国领导人或大企业家来达沃斯参加世界经济论坛所住的酒店以及举行小型会议的地方。要知道，在世界经济论坛年会期间，当地酒店和民宿房价飞涨，核心区的酒店客房更是一床难求，很多参会者和记者只能住在距离达沃斯几十千米以外的地方，每天往返于住地和会

场，早出晚归。像我们住的这家Hard Rock酒店，会议期间不要说入住，连大门外都不能久留，甚至很可能有特别的安保也说不定。

　　次日清晨，旭日初升，金色的光芒铺洒在群山顶峰，雪山顶看起来金灿灿的。此情此景正如贝瑞画作——阳光普照下雪地金灿灿一片的场景。看得出来，山顶积雪很少，是不是与全球气候变暖有关系呢？

达沃斯小镇是一个夹在群山之中类似峡谷状的狭长地带，分为普拉茨（Platz）和多夫（Dof）两个部分。春夏秋可以享受徒步旅行或是自行车环游的乐趣，冬天这儿是冰上运动的最佳场所。另外，这还是阿尔卑斯山中一块因空气洁净清爽而大受好评的地区。20世纪初这里设立了呼吸系统疾病的治疗所，从而奠定了现在宾馆业发展的基础。所以，达沃斯除了是国际政要出席会议的地方，也是名人商贾云集度假滑雪的地方。

虽然是工作日，但上午10点之前，街上基本无人，我们随便转悠。CACINO赌场大门紧闭，估计下午才会营业，豪赌的人都是夜猫子。

火车站附近的登山缆车也还没有开始运行，这几天每到一地都乘缆车腾云驾雾上山顶，很是过瘾。

街心公园一角，偌大的国际象棋棋盘静静地等待喜欢之人前来对弈。国际象棋街头对弈是瑞士一大景观，苏黎世、伯尔尼……随处可见。

群山环绕绿树掩映的达沃斯城，到处可见教堂尖塔，这是一块被上帝眷顾的地方！走在市内街道，抬头远望四围高高的雪山，山顶终年白雪皑皑，到了冬日，整个达沃斯城就是一片银白色的世界。

上午10时许，我们搭乘301路巴士去看达沃斯会议中心。真正让传奇小镇达沃斯名扬全球的是世界经济论坛年会，达沃斯会议中心就是举办世界经济论坛的主会场。

1971年，首届欧洲管理研讨会在达沃斯召开，之后更名为"欧洲管理论坛"，1987年再次更名为"世界经济论坛"，并在达沃斯首次举办年会。此后，论坛年会每年1月底至2月初在达沃斯举行，达沃斯论坛的称号由此而来。经过几十年的运营，论坛年会在全世界范围内的知名度和影响力不断提升。每年论坛年会期间，达沃斯都会吸引来自世界各国的领导人、政商学界精英等重量级人物。想象一下论坛盛况：街上车水马龙、熙熙攘攘，活动密集，演讲会、研讨会、新闻发布会、招待会和餐叙会接连不断，从凌晨到深夜，随时都能看到为"赶场"而四处奔波的参会者与记者。

来到达沃斯论坛主会场，大门前五颜六色的万国旗迎风招展！

会议中心数百亩大草坪，四周环绕着偌大的花园，到处散落着各种雕塑、图腾柱……这些雕塑作品纪录了达沃斯会议中心的历史瞬间。

达沃斯会议中心侧门入口处，有人正在准备活动，我问可不可以进去看看，得到肯定答复后我们进入参观。走廊的宣传海报花花绿绿，都是表现达沃斯各种活动的广告画，我们很喜欢这些图案设计，生动形象动感十足。

　　我们绕达沃斯会议中心的花园草坪转了一圈，走走停停，一个多小时才又回到大门。

　　五星级、四星级酒店云集在周围，显示着达沃斯会议中心为世界各国来宾提供了优质的住宿条件以及多样的购物环境。人们匆匆而来，又匆匆而去，年复一年，达沃斯在不知不觉中与论坛年会融为一体。

　　依依不舍地告别了达沃斯世界经济论坛的举办地，我们继续逛街看风景。等云开雾散后，再搭乘缆车上山顶看山看湖，这趟达沃斯之行就圆满了！

第二十二章｜2022 再游瑞士——圣加伦

◎圣加伦（St.Gallen）

此次瑞士8日游的最后一站——圣加伦，既算是告别瑞士之旅也是朝圣之旅，因为圣加伦有闻名天下的世界文化遗产——大教堂修道院图书馆，这里被称为"灵魂的药店"。

圣加仑（St.Gallen）位于瑞士东北部，是圣加伦州的首府，人口约74000人，海拔约700米，一条施泰纳赫河（Steinach）穿城而过，最后汇入博登湖（Bodensee，属瑞士、德国、奥地利三国共管）。圣加伦建于公元7世纪，迄今已有1400多年历史，是名副其实的历史古城。在这所千年古城里几乎每个角落都能找到历史的足迹。

傍晚时分，小雨淅沥，我们撑着雨伞游圣加伦老城，酒楼店铺灯光闪烁，映在湿湿的路面上，拉出长长的彩色倒影。小车驶过湿漉漉的地面，车灯在地上留下了黄灿灿的灯影。大街小巷静悄悄的，橱窗里的装饰和摆件在灯光照射下别有一番风趣，雨中的圣加伦很浪漫，很小资！走在静悄悄的街道上，既能体会它的浪漫情怀也能感知它的庄严与肃穆。

次日大早出门，继续我们的圣加伦之旅！

秋日的圣加伦是五彩的世界！

老城的特色之一就是色彩缤纷的凸肚窗，这是一种保存了几百年的建筑形式，是瑞士和德国传统文化的一部分。据说，中世纪时，贵族妇女很少在外抛头露面，因此，人们设计出这种凸出在建筑物之外类似阳台的外凸悬窗以供人们拓宽视野。其特点是：装饰性强，起到扩大室内采光的作用，人们足不出户即可知外面发生的事。悬窗有单独结构、复合结构、上下结构、左右结构等，悬窗上雕刻着神话传说、人物故事、花鸟鱼虫或水果蔬菜等精美图案，一些店铺借悬窗上的图案做"广告招牌"，这种习俗从中世纪一直延续到现在。我在瑞士古城萨夫豪森也见到大量的凸肚悬窗建筑。在瑞士和德国很多古镇也有同样的凸肚悬窗建筑，不过比较零星，不像瑞士圣加伦和萨夫豪森这样成规模。

除了凸肚悬窗之外，圣加伦老城房屋立面上的湿壁画和店铺的铜质店招也很有特色，不仅招徕顾客而且是供人欣赏的艺术品。你看，这个店招上有一只带有"1832"字样的卡通鞋子，分明告诉人们这家鞋店是百年老店。

上午十时，圣加伦大教堂的钟声响起，浑厚的钟声在老城上空久久回荡。街上偶尔遇到几个游客，也与我们相似，男士举着单反女士拿着手机，边走边看边拍照。周日此时此刻，当地人大约还在睡梦中呢。

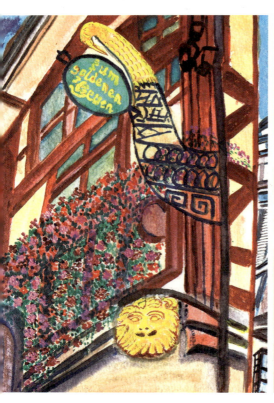

　　当然，到圣加伦就是为了一睹举世闻名的圣加伦修道院和修道院图书馆。圣加仑最著名的建筑物就是具有巴洛克式建筑风格的修道院（Saint Gall Monastery）和修道院图书馆（Stiftsbibliothek）。公元7世纪时，爱尔兰传教士加勒斯（Gallus）在今天圣加仑所在的位置修建了一座修道院，这座城市因修道院而逐渐兴起。城市的兴起也加快了圣加仑修道院的发展，后来它发展成为欧洲最大的圣·本笃修道院之一。1983年，联合国教科文组织将该修道院及图书馆、僧侣档案馆一起列为世界文化遗产。

圣加伦修道院是一组文艺复兴风格的天主教建筑群，呈马蹄形排列，正门有两座雄伟壮观高68米的塔楼，从城市各个方位远远都能看到，算是圣加伦的地标建筑。圣加仑大教堂（St. Gallen Cathedral）也是圣加仑教区的主教座堂。修道院和大教堂最早的历史可追溯到8世纪。18世纪时，由于建筑老旧严重，于是进行了原址重建，翻新了修道院、图书馆和大教堂。这座巴洛克风格的大教堂重建于1755年，历时十多年，于1767年完工，大教堂内堂有丰富的装饰，壁画主要由约瑟夫·万嫩马赫（Josef Wannenmacher）绘制，这里还有最完整的历史画集。南部的祭坛上有一个铃铛，是欧洲三个最古老的教堂钟之一。

　　参观修道院图书馆需要购票，售票处在修道院二楼，相机和包都要寄存。图书馆也在二楼，进去要穿鞋套，以保护木地板。修道院图书馆那富丽堂皇的大厅可能是全瑞士最具洛可可风格的建筑，那繁复精致的洛可可风格充溢着宗教虔诚的氛围，正门上刻有一行希腊文——"灵魂的药房"。这里曾是欧洲的知识中心，各国学者向往之地。圣加伦的灵魂，就凝结在这座图书馆里。修道院图书馆拥有八百年的历史，是世界上历史最悠久、馆藏最丰富的图书馆之一，藏书约14万册，包括2000多卷中世纪手写本和1650卷古书，诸如修道院与教区档案等有重大历史价值的文件，9至11世纪的插图手稿与卡洛琳时期修道院的平面图，以及上百册7世纪爱尔兰修道士加勒斯手写的羊皮纸手稿等在这里都保存完好。

我们进入修道院图书馆,这里金碧辉煌,甚至有一种使人眩晕和窒息的感觉。由此我想到了另一场图书馆之旅。2018年我们全家去德国魏玛古城,在那里我也去参观了安娜·阿玛利亚公爵夫人图书馆,建于1766年的安娜·阿玛利亚图书馆(Herzogin Anna Amalia Bibliothek)把洛可可风格发挥到了极致。魏玛是唯一因为三件历史遗产同时被列入联合国教科文组织《世界遗产名录》的城市,即以图书馆为代表的古典魏玛、文豪歌德的真迹手稿,以及包豪斯学校。

与圣加伦大教堂相聚不足百米的是圣·劳伦斯教堂(St. Laurenzen),其得名于3世纪西班牙的基督教圣人圣·劳伦斯。教堂的历史可追溯至12世纪中叶。圣加仑这座城市始于7世纪圣加卢斯在这里隐修。后来,以修道院为中心形成了一定规模的城市,修道院就是城市的最高权力中心,修道院长就相当于市长。到了12世纪,城市的百姓不满修道院的统治,与修道院闹分离。圣加仑就成了两座城市,一座是修道院,一座是世俗城市。他们各自与瑞士或欧洲其他的政治实体结盟,比如,修道院与帝国皇帝关系密切。而世俗城市则与瑞士老联邦结盟。当然,世俗城市也需要教堂,于是这座圣·劳伦斯教堂应运而生,两个教堂曾经水火不容,到了21世纪,两个教堂才终于和解。

原打算去看看颇负盛名的圣加伦大学，圣加伦大学（University of St. Gallen）简称"HSG"，是一所位于圣加仑市的研究型大学，是欧洲四家顶尖的商学院之一，历来有不少欧洲皇室成员入读，也是不少世界级投资银行家的摇篮。不少圣加仑大学的校友都曾出任瑞银集团、瑞信集团等国际顶级投资银行的首席执行官和高层人员。

　　终于到了告别瑞士的时候了，我们继续火车之旅，从圣加伦经康斯坦茨返回法兰克福。在瑞士观光了八天，该回家啦！

到了康斯坦茨，站立在博登湖畔，看着波光粼粼的湖水，心情有一些复杂。虽然博登湖属于德国、瑞士、奥地利三国共管，但康斯坦茨属于德国，这一部分博登湖也属于德国领土。再见，瑞士！

图书在版编目（CIP）数据

画游瑞士 / 易平凡著 . —— 成都：成都时代出版社，
2023.9

ISBN 978-7-5464-3258-8

I.①画... Ⅱ.①易... Ⅲ.①游记－作品集－中国－
当代②油画－作品集－中国－现代③水彩画－作品集－
中国－现代 Ⅳ.① I267.4 ② J221.8

中国国家版本馆 CIP 数据核字（2023）第 099466 号

画游瑞士
HUAYOU RUISHI

易平凡 ／ 著

出 品 人	达　海
责任编辑	张　旭
责任校对	张　巧
责任印制	黄　鑫　陈淑雨
封面设计	成都九天众和
装帧设计	成都九天众和

出版发行	成都时代出版社
电　　话	（028）86742352（编辑部）
	（028）86615250（发行部）
印　　刷	成都市兴雅致印务有限责任公司
规　　格	155mm×230mm
印　　张	20.25
字　　数	160 千
版　　次	2023 年 9 月第 1 版
印　　次	2023 年 9 月第 1 次印刷
书　　号	ISBN 978-7-5464-3258-8
定　　价	80.00 元